Jens Münchberger

Am Meer
Zwei Geschichten

Die Reise nach Sylt

und

Eine Veränderung

Die Handlungen und einige Personen sind frei erfunden.
Ähnlichkeiten mit der Realität sind zufällig.
Manchmal beabsichtigt.

Der Verfasser

Bibliografische Information der Deutschen Nationalbibliothek:

Die Deutsche Nationalbibliothek verzeichnet diese Publikation in der Deutschen Nationalbibliografie; detaillierte bibliografische Daten sind im Internet unter http://dnb.dnb.de abrufbar.

Erste Auflage 2018

© Jens Münchberger 2018

Einbandgestaltung: BoD GmbH unter Verwendung eines
                       Fotos des Autors

Herstellung und Verlag:
BoD – Book on Demand, Norderstedt

ISBN: 978 – 3 – 752803 - 83 - 9

www.bod.de

Ute gewidmet

Die Reise nach Sylt

Mein Großvater verlebte seinen neunzigsten Geburtstag bei bester Gesundheit.

Am Morgen nach diesem Tag las er mir, ohne eine Brille zu benutzen, aus der Zeitung vor. Ich hatte zuvor Bedenken geäußert, dass er das noch konnte und er ließ es auf den Beweis ankommen.

Als mein Großvater die Zeitung zusammenfaltete und dann, eher zufällig, auf die Titelseite blickte, sagte er zu mir:

„Heute ist für mich ein besonderer Tag. Nicht allein die Tatsache, dass gestern mein neunzigster Geburtstag war, ist das, was diesen Tag auszeichnet. Nein, aus einem anderen Grund hat dieser Tag für mich Bedeutung."

Mein Großvater, Schelm wie er war, tat sehr geheimnisvoll und wollte mich, ich wusste es, neugierig machen: Er wartete darauf, nach der für ihn anscheinend außerordentlichen Bedeutung dieses Tages gefragt zu werden. Und so kam es, wie es kommen musste, nach einigen Minuten wollte er von mir wissen:

„Interessiert es dich gar nicht, warum dieser Tag für mich…?"

„Doch, doch, das würde ich gern von dir erfahren. Aber ich möchte dich auch nicht bedrängen!"

„Also soll ich dir das sagen?"

„Ja, wenn du willst. Aber wenn nicht, dann wirst du dein Geheimnis für dich behalten und ich weiß ein bisschen weniger von dir und über dich und aus deinem Leben!"

„Da hast du Recht!"

Mein Großvater stand auf, ging an die mit hohen Fenstern verglaste Wand seines Zimmers. Kerzengerade und mit auf dem Rücken verschränkten Händen stand er und schaute lange über die Dünen auf die See. So, als suche er da draußen etwas, was sich versteckte und unerkannt bleiben wollte.

Dann blickte er zu mir, sah mich einige Augenblicke mit seinen wasserblauen Augen an und sagte:

„Was ich dir jetzt erzählen werde, ist nicht das Ergebnis jahrelangen Nachdenkens eines alten Mannes. Ich habe es wirklich erlebt. Und du musst mir versprechen, mich nicht zu verspotten und weiterhin zusagen, die Geschichte einer wunderbaren Begegnung, von der ich dir berichten werde, für dich zu behalten und sie erst nachdem ich da bin", er zeigte mit dem Daumen auf die See, denn er wollte dort seine letzte Ruhe finden, „weiter zu geben."

„Ja, Henner. Darauf kannst du dich absolut verlassen!"

Ich nannte meinen Großvater immer bei seinem Vornamen. Irgendwann, es mag zwanzig Jahre oder noch länger her sein, hatte er mir das angeboten.

Dann blickte er mich wiederum lange an, bis er schließlich sehr langsam sagte:

„Ich habe Ernest Hemingway gekannt!"

„Henner, du hast Ernest Hemingway gekannt?"

„Zugegeben, zu behaupten, ihn gekannt zu haben, ist nicht richtig. Ich bin ihm begegnet!"

„Und wo?"

„Hier, auf der Insel."

„Hemingway war auf Sylt?"

„Ja!"

„Davon ist in den Biografien über ihn

nichts erwähnt. Und Mary Welsh schreibt darüber ebenfalls keine Zeile!"

„Offenbar hat sie davon nichts gewusst. Hemingway hatte, möglicherweise, seine kleinen Geheimnisse."

Mein Großvater Henner hatte im Alter von sechzehn Jahren, mit dem Zeugnis der Obersekunda, als Schiffsjunge auf einem Ostindien-Segler angeheuert. Seine Eltern waren wirtschaftlich nicht in der Lage, sich einen studierenden Sohn leisten zu können.
Er entschied sich für die Seefahrt und gegen den Wunsch seiner Eltern, die ihn gern im ‚Bankfach', wie es damals hieß, gesehen hätten.

„Wenn ich schon kein Abitur ablegen durfte, dann wollte ich einen richtigen Beruf, einen Männerberuf, erlernen", hatte er mir seine Entscheidung erklärt.

Nach einem Jahr Fahrt als Schiffsjunge war er Leichtmatrose und dann, nach weiterer Fahrtzeit, Vollmatrose. Auf den Segelschiffen erlernte er das notwendige Praktische für den Beruf des Seemanns und nebenbei alle Erdteile kennen.

Nach drei Jahren Fahrenszeit als Vollmatrose und der wiederholten Ankunft in Hamburg wurde er in das Kontor der Reederei bestellt.

„Junge, jetzt werde ich dich zur Steuermannsschule schicken. Das wirst du schaffen!", sagte der dickleibige und unentwegt Zigarre paffende Reeder Hansen zu meinem Großvater.

„Herr Hansen, ich habe dafür kein Geld!"

„Ich habe gesagt, dass ich dich auf die Schule schicken werde! Und nun geh' ins Büro und lass dir die erforderlichen Papiere ausstellen!"

Mehr sagte Reeder Hansen nicht und ein viertel Jahr später saß mein Großvater auf der Schulbank und war, nach erfolgreich bestandener Prüfung dann der jüngste zweite Steuermann der Reederei Hansen aus Hamburg.

Die erste Reise als Seesteuermann auf Großer Fahrt führte ihn auf einem Vollschiff nach Chile. Nun bereits zum vierten Mal um das Kap Hoorn.

„Wenn es einen Ort auf der Welt gibt, an dem ich nicht tot über einem Gartenzaun hängen möchte, dann ist das in dem nördlichsten Salpeterhafen Chiles, in Pisagua!"

„Warum nicht?", wollte ich damals wissen, als er mir davon erzählte.

„In den meisten Städten der Welt ist es so, dass die Umgebung der Orte, die Felder und Wälder, die Stadt ernähren. In Pisagua ist es anders, die Stadt lebt von der sie umgebenden Wüste und liegt am Fuße eines etwa eintausend Meter hohen Felsmassives auf einer schmalen Schwelle. Durch die Stadt windet sich eine einzige ungepflasterte Straße und unentwegt ist die Luft von salpeterhaltigem Staub geschwängert. Wir haben sehr schnell begonnen, die jeweils zwei Zentner schweren Säcke mit Salpeter zu laden. Als zweiter Steuermann war ich verantwortlich für das ordnungsgemäße Beladen des Schiffes und musste dabei auch selbst mit arbeiten."

Drei Jahre fuhr mein Großvater erst als zweiter, dann als erster Steuermann auf verschiedenen Schiffen der Reederei Hansen, in der damals begonnen wurde, neben den Segelschiffen auch motorgetriebene

Frachtschiffe einzusetzen. Auf denen fuhr mein Großvater Henner ebenfalls.

Dann wurde er wieder in das Kontor der Reederei bestellt. Der alte Reeder Hansen hatte in der Zwischenzeit die Geschäfte seinem Sohn übergeben. Der hatte, nach einer kaufmännischen Lehre in der Reederei, vor einigen Jahren so, wie mein Großvater Henner, das Steuermannspatent erworben. Eigentlich wollte er danach die Schule besuchen, um Kapitän zu werden. Nachdem der alte Hansen einen Schlaganfall erlitten hatte, entschloss sich der junge Hansen, die Geschäftsführung der Reederei zu übernehmen.

„Mein Vater hat mir von Ihnen berichtet", sagte der junge Reeder Hansen, als mein Großvater dessen Büro betreten hatte, „Sie sind ein tüchtiger Steuermann und bei den Leuten anerkannt. Solche Menschen wie Sie möchten wir in der Firma halten. Ich mache Ihnen einen Vorschlag!"

„Ja, bitte!"

„Ich gebe ihnen die Wochen bis zum Januar des nächsten Jahres frei. Während dieser Zeit bereiten Sie sich auf den Besuch der Schule vor, um die Prüfung zum Seeofizier ablegen zu können. Ich habe mich erkundigt, Ihre Fahrtzeiten als Steuermann werden als ausreichend eingeschätzt. Die Reederei wird die Kosten Ihrer Ausbildung übernehmen und Ihnen während dieser Zeit eine finanzielle Unterstützung zukommen lassen."

„Und", fragte mein Großvater, „was sind Ihre Bedingungen, Herr Hansen?"

„Sie werden nach der erfolgreichen Prüfung zehn Jahre für die Reederei Hansen fahren. Wenn Sie möchten, besiegeln wir das jetzt, wie unter Männern üblich, per Handschlag!"
Mein Großvater berichtete mir, dass er keinen Moment zögerte und die ihm gereichte Hand ergriff.

Am 15. Mai 1931 bestand mein Großvater Henner, damals 26 Jahre alt, die Prüfung an der Navigationsschule und erhielt das deutsche Patent zum Seeoffizier auf große Fahrt. Er war nun berechtigt, Schiffe jeder Bauart und Größe auf allen Weltmeeren zu führen.

So, wie abgemacht, heuerte er auf einem Motorschiff der Reederei Hansen an und fuhr, zunächst als Zweiter Offizier, nach zwei Jahren als Erster Offizier bis 1935.

Als er Anfang Dezember 1935 von einer Ostasienreise nach Hamburg zurückkehrte, hatte Reeder Hansen Deutschland verlassen und war ins Exil gegangen. Für meinen Großvater hatte er allerdings einen Brief geschrieben, der bei einem Freund hinterlegt war.

Die Existenz der Reederfamilie Hansen war durch das am 15. September 1935 auf dem Nürnberger Parteitag der Nazi-Partei beschlossene so genannte „Reichsbürger-Gesetz" in unmittelbare Gefahr geraten. Es wurde per amtliche Aufforderung verlangt, den Abstammungsnachweis vorzulegen und damit zu begründen, dass die Familie deutschen oder artverwandten Blutes ist. Das konnte nicht gelingen, da die Großmutter väterlicherseits des jungen Reeder Hansen Jüdin gewesen ist. Also entschloss sich die Familie, Deutschland zu verlassen.

Daraufhin wurde die Reederei unter die

Zwangsverwaltung des Staates gestellt.

Mein Großvater hat den jungen Hansen nie wieder gesehen. Nach dem Krieg, als er einige Erkundigungen einholte, wurde ihm berichtet, Hansens wären in Argentinien. Weitere Informationen hat mein Großvater Henner jedoch nicht bekommen.

Der junge Reeder Hansen teilte in dem Brief mit, dass er, sollte es sein Wunsch sein, bei der Bergungsreederei Paulsen als Kapitän anheuern kann, entsprechende Vorgespräche waren bereits geführt und man hätte Interesse daran, meinen Großvater als Kapitän auf einem Bergungsschiff einzustellen.

Großvater Henner hat diesen Brief aufbewahrt und mir für ihn bedeutsame Zeilen vorgelesen:

„ ...wird es sicher so sein, dass Sie als Kapitän auf einem deutschen Bergungsschiff die Zurückstellung vom Kriegsdienst, sollte es zu militärischen Konflikten kommen, was ich im Übrigen nicht bezweifle, ohne Schwierigkeiten erhalten werden...was *ich Ihnen von Herzen wünsche... "*

Mein Großvater wurde, wie es der junge Reeder Hansen für ihn vorbereitet hatte, von der Bergungsreederei als Kapitän mit der Führung eines Schiffes beauftragt und hat das bis zu seinem 60. Lebensjahr getan. Auch die Voraussage, als Kapitän eines Bergungsschiffes vom Kriegsdienst freigestellt zu werden, erfüllte sich für ihn.

Im Jahre 1938 heiratete mein Großvater Henner die jüngste Tochter Antje des Bergungsreeders Paulsen, der aus einer Seefahrerfamilie von der Insel Sylt stammte. Dann, im Jahre 1940, wurde mein Vater als ältester von drei Söhnen und einer Tochter meines Großvaters Henner geboren.

Nachdem mein Großvater seinen Abschied von der aktiven Seefahrt genommen hatte, schipperte er mit einem Ewer, den er sich liebevoll und aufwendig aufgebaut hatte, oft allein und manchmal mit Fahrgästen, bis zu seinem fünfundachtzigsten Lebensjahr durch das nordfriesische Wattenmeer.

Nun, ich habe sehr viel über meinen Großvater berichtet. Doch ich meine, das ist wichtig, um zu verstehen, welche Bedeutung diese Begegnung mit Ernest Hemingway für meinen Großvater hatte und immer noch hat. Mein Großvater war, dass weiß ich aus den Gesprächen mit ihm, nicht nur ein eifriger Leser, sondern auch ein Kenner vieler Literaturen. Ich kann mich daran erinnern, dass er es vermochte, und das auch noch im hohen Alter, den Inhalt der Bücher, die er als junger Mann gelesen hatte, en detail wiederzugeben und ebenso Gedichte fehlerfrei zu repetieren. Und so meine ich, die Begegnung mit Ernest Hemingway war für ihn eine Sternstunde seines Lebens.

„Henner, wo und wann hast du nun Ernest Hemingway kennen gelernt?", fragte ich.

„Mitte Februar 1954 erhielt ich den Auftrag, einen Bergungsschlepper von Hamburg nach Ägypten zu bringen. Wir erreichten Port Said, ich meine, es war am 10. März. Nach der Übergabe des Schiffes an die ägyptische Reederei sollte ich am nächsten Tag nach Hamburg fliegen und dann meinen Urlaub antreten. Es gab zwischen mir und der Reederei eine Abmachung, der zufolge mir die Hälfte der Flugkosten erstattet wird, wenn ich den Flug nicht in Anspruch nehme und stattdessen, egal wie, nach Hamburg komme. Allerdings nicht mit monatelanger Verspätung, versteht sich. In einem Restaurant, in der Nähe des Hafens gelegen, das mir durch seine sehr gute und traditionelle Küche empfohlen worden war, traf ich zwei Tage vor meiner Abreise aus Ägypten, übrigens sehr zufällig, Harm Clausen. Wir haben damals, Anfang der dreißiger Jahre, gemeinsam an der Ausbildung zum Seeoffizier teilgenommen."

„Die Seefahrer haben ja, so ist es mir bekannt, in jedem Hafen und jeder Stadt ein Restaurant, wo sie sich treffen!"

„Ja, und in Port Said war es dieses. Eher eine gut geführte Kneipe, aber kein Restaurant. Harm Clausen und ich hatten uns über zwanzig Jahre nicht gesehen und er erzählte mir, am nächsten Tag nach Venedig auszulaufen, vorausgesetzt, die von seiner Reederei angekündigten Gäste würden pünktlich eintreffen. ‚Weißt du was, Henner, ich lade dich ein, während der Reise nach Venedig mein Gast zu sein', sagte Harm mir an diesem Abend. Und so bin ich noch vor Mitternacht, nachdem ich meinen Flug abgesagt hatte, von meinem Hotel in eine der Passagierkabinen auf dem Schiff umgezogen."

„Und, kamen die Gäste dann auch rechtzeitig auf dem Schiff an?"

„Nun, soweit ich mich erinnere, zwar am vereinbarten Tag, aber einige Stunden zu spät. Warum, weiß ich heute auch nicht mehr. Ich habe mich dafür nicht interessiert, weil es mich auch nichts anging. Außerdem hatte ich einen Monat Urlaub vor mir, da war es ohnehin egal, ob wir noch einige Stunden länger im Hafen lagen."

Es war nun später Vormittag und mein Großvater Henner, den schönen und angenehmen Dingen des Lebens stets zugetan, hatte zwei Gläser aus der Küche geholt und meinte:

„Wir sollten ein Glas Rotwein trinken. Vielleicht auch zwei, aber nicht mehr! Rotwein sollte der Begleiter angenehmer

Stunden des Abends sein. Und wenn deine Großmutter bemerkt, wir trinken schon am Vormittag Wein…Du kennst sie ja!"

Er füllte die Gläser, dann sagte er:

„In meiner Familie sind alle Männer steinalt geworden. Ein bisschen alt bin ich ja nun bereits und ich fühle mich wie ein junger Mann. Mir fehlt nichts. Das letzte Mal war ich vor zwanzig Jahren beim Arzt. Der fragte mich nur, was ich bei ihm will und meinte, es wäre Zeitverschwendung, sich mit mir zu beschäftigen. Deine Großmutter sagte damals, ich sollte doch 'mal zum Doktor gehen und nachsehen lassen, ob noch alles' dran und 'drin wäre. Dass noch alles an mir 'dran war, konnte ich jeden Morgen unter der Dusche feststellen. Der Doktor hat mir dann noch eine Tetanusspritze gegeben, nachdem ich ihm sagte, die letzte hätte ich bekommen, als ich den Ewer baute. Das war, glaube ich, Ende 1958. Na, ist nun auch egal! Auf die alten Männer in unserer Familie!"

Er prostete mir zu, stellte das Glas auf den kleinen Tisch, der zwischen unseren Sesseln stand, sah durch die großen Fensterscheiben auf die Nordsee und berichtete mir weiter:

„Manche Frachtschiffe haben Kabinen, in denen Passagiere mitfahren können. Harm Clausen ließ eine dieser Kabinen, winzig klein und mit Bett, Tisch, Stuhl und Schrank möbliert, für mich herrichten und quartierte mich nun darin ein. Mir war das recht. Für seine offiziellen Gäste hatte er das einzige Appartement auf dem Schiff, zwei Räume mit Duschgelegenheit, reserviert."

„Du hast dich ohnehin, soweit ich mich erinnere und dich zu kennen meine, in einfachen Verhältnissen sehr wohl gefühlt."

„Ja! Da besteht aber ein Unterschied zu primitiven Umgebungen! Und das sollte beachtet werden!"

Großvater Henner trank etwas von dem guten roten Wein und berichtete weiter:

„Da war ich also in der kleinen Kabine untergebracht. Aber ich brauche ohnehin keinen Luxus. Wie gesagt, vor mir hatte ich vier Wochen Urlaub und ich wollte wieder einmal auf einem richtigen großen Schiff fahren, nicht auf so einer, vergleichsweise Nussschale, wie einem hochseetüchtigen Bergungsschlepper."

„Hochseeschlepper sind doch nun wirklich

keine Nussschalen!"

„Nein, das habe ich auch nur im Scherz gemeint. Der Schlepper, den ich nach Port Said überführte, war bestimmt, wenn ich mich recht erinnere, sechzig Meter lang und hatte einen Pfahlzug von, ich glaube, 145 Tonnen."

„Was bedeutet das, Pfahlzug?"

„Das ist ein Maß zur Bestimmung der Zugkraft, die ein Schlepper aufweist. Um diesen zu ermitteln, wird zwischen der Schlepptrosse und einem an Land befindlichen Poller eine Zugwaage eingebaut, die Trosse so weit es geht abgetrommelt, dann verriegelt und der Schlepper zieht mit voller Kraft. Die dabei erreichte Zugkraft, an der Zugwaage abgelesen, wird als Pfahlzug bezeichnet. Allerdings beeinflussen Windrichtung, Wasserströmung und –tiefe dieses Ergebnis in nicht unerheblichem Maß!"

„Aha!"

„Na, und so ein Frachtschiff ist dann doch größer!"

„Ich glaube, das von Harm Clausen war knapp 175 Meter lang. Was meinst du, was das für ein schönes Erlebnis ist, wenn so ein Schiff sanft in der langen Dünung rollt! Besser konnte mein Urlaub nicht beginnen. Ich habe mich die meiste Zeit an Deck aufgehalten und gelesen oder aufs Meer geschaut."

„Das glaube ich dir gern, Henner!

„Auf Frachtschiffen, die über einige Passagierkabinen verfügen, ist es üblich, dass die Mahlzeiten in der Offiziersmesse eingenommen werden. Jedoch, am zweiten Abend bat Kapitän Harm Clausen seine Gäste und mich, als wir längst die offene See erreicht hatten, in die ‚gute Stube', wie er seine gemütliche und komfortable Unterkunft nannte, zum Abendessen."

„Und dann wurdest du mit Ernest Hemingway und seiner Frau bekannt gemacht?"

„Ja. Aber Ernest Hemingway war nur wenige Minuten, vielleicht eine halbe Stunde, wenn überhaupt, anwesend. Und Harm Clausen hatte mir bis zu diesem Zeitpunkt verschwiegen, wen er als Gäste der Reederei an Bord hatte. Er war ohnehin ein eher schweigsamer und ruhiger Mann."

„So, wie viele Seeleute, oder?"

„Wie die meisten. Man kann sich doch nicht mit den Fischen unterhalten! Obwohl, Sabbelköppe habe ich auch auf Schiffen erlebt. Gesprächigkeit ist wohl vom Temperament abhängig, meine ich. Aber du hast recht, die meisten Fahrensleute sind eher ruhige und nicht so gesprächige Zeitgenossen."

„Das weißt du viel besser als ich!"

„An einem der letzten Tage, die Ernest Hemingway und seine Frau in Kenia verbrachten, war in der Nähe des Camp ein Buschfeuer ausgebrochen. Wind hatte es auf das Lager getrieben. Er wollte sich an den Löscharbeiten beteiligen, stürzte und wurde an beiden Beinen, dem Leib und Armen und Händen von den Flammen verletzt. Man versorgte ihn zunächst notdürftig. Auf dem Schiff, das ihn und seine Frau dann anschließend von Mombasa nach Suez brachte, konnte der Schiffsarzt ihm nicht genügend helfen und so kam er in nicht nur körperlich, sondern vor allem physisch sehr angespannter Verfassung in Port Said auf das Schiff meines Freundes Harm Clausen.

Hemingway hoffte darauf, in Venedig, wohin wir unterwegs waren, die erforderliche Hilfe zu bekommen. So kam es, dass wir einen verletzten und wohl auch deshalb übel gestimmten, aber nicht unhöflichen, Mr. Hemingway an Bord hatten.

„Na ja, bei den Verletzungen ist das zu verstehen. Und Männer leiden bei Krankheiten ohnehin heftiger als Frauen."

„Das mag sein. Aber es war nun wirklich schlimm um ihn bestellt. Und mir tat dieser große und kräftige Mann unendlich leid. Als kleiner Junge hatte ich mir an einer heißen Ofentür die Hand verbrannt…"

„So, wie alle kleinen Kinder sich einmal in ihrem Leben verbrennen um zu begreifen, dass Feuer heiß ist. Das ist wohl so eine Gesetzmäßigkeit in jedem Kleinkindleben", stellte ich fest.

„Mag sein. Na, jedenfalls wurde ihm dann in Venedig sehr schnell und wirksam geholfen, so dass er sich recht zügig erholen konnte und die Heilung der Wunden Fortschritte machte, wie er mir dann später stolz berichtete."

„So, da hast du Ernest Hemingway kennen

gelernt, als es ihm gar nicht gut ging?"

„Ja! Und ich hätte mir, ehrlich gesagt, gewünscht, ihn bei besserer Verfassung zu erleben. Aber das sollte noch geschehen!"

„Auf Sylt?"

„Während der Überfahrt von Port Said nach Venedig habe ich ihn, bis auf den Besuch zum Abendessen bei Harm Clausen, nur noch zwei Mal gesehen. Und bei dem zweiten Treffen, das Schiff hatte bereits die Adria erreicht, konnte ich mich mit ihm unterhalten. Wir fragten nach dem wohin und woher und er erzählte mir, dass er, nach dem notwendigen Besuch bei Ärzten in Venedig, noch einige Zeit in Europa bleibt. Und diese zweite Begegnung, die war sehr interessant."

„Warum?"

„Nun, ich hatte den Eindruck, als ginge es ihm gesundheitlich etwas besser. Und du weißt, ich habe auf meinen Reisen immer sehr viel gelesen. In beinahe jeder freien Minute. Was lag nun näher, als sich mit Hemingway über Bücher zu unterhalten? Ich bemerkte aber sehr schnell, dass er und ich andere Literaturen favorisierten. Da habe ich während dieser ersten längeren Begegnung von ihm viel gelernt. Bedenke, ich war damals erst neunundvierzig Jahre alt und er fünfundfünfzig!"

„Na ja, aber da wart ihr doch in einem Alter, das man euch zu einer Generation rechnen kann!"

„Ja, sicher. Aber ich habe mich mit Ernest Hemingway unterhalten und nicht mit einem meiner Kapitänskollegen. Das war schon etwas anderes!"

Mein Großvater Henner stand auf und stellte sich wieder vor die große Fenstern und sah auf die Nordsee. Wieder stand er sehr aufrecht und hatte seine Hände auf dem Rücken verschränkt.

„Und, Henner, wie war es dir möglich, Ernest Hemingway zu einem Besuch auf Sylt, lass es mich so sagen, zu überreden?"

„Irgendwann fragte ich ihn, ob er die Nordsee kennt. Und er fragte mich, welche Nordseeküste ich meinte. Dann berichtete ich ihm von Sylt und Amrum, von den Sturmfluten und der Entstehung der heutigen deutschen Nordseeküste. Ernest Hemingway hörte interessiert zu und meinte, das müsse er kennen lernen."

Mein Großvater drehte sich zu mir um, sah mich wieder mit seinen wasserblauen Augen an und sagte:

„Da habe ich doch tatsächlich gedacht, lad' ihn ein. Hierher nach Sylt."

„Und das hast du getan?"

„Sonst wäre er nicht hier zu Besuch gewesen. Ja, sonst wäre er nicht auf Sylt gewesen."

Mein Großvater Henner setzte sich wieder und erzählte weiter:

„Ernest Hemingway sagte mir seinen Besuch zu. Allerdings, so seine Worte, müsse er erst einmal seine Verletzungen von den Ärzten behandeln lassen. Und seine Frau Mary wollte ohnehin einige Freunde in Europa besuchen. Er würde sich bei mir melden. Ich gab ihm meine Adresse und die Telefonnummer."

„…was dann auch geschah!"

„Nach der Ankunft in Venedig, ich meine, es war am 23. März, bin ich nach Hamburg geflogen und dann nach Sylt gefahren, deine Großmutter Antje erwartete mich bereits."

„Hast du ihr von dem Treffen erzählt?"

„Ja, aber sie meinte nur, ich hätte wohl etwas zu viel mit Harm Clausen übers Leben nachgedacht, der Klabautermann war zu Gast am Tisch und hat unsere Gläser immer nachgefüllt. Für sie ist der Klabautermann für alles das verantwortlich, was auf See geschieht und nicht eindeutig erklärt werden kann! Sie ist eben eine Seemannstochter und nun Seemannsfrau."

„Darf ich dich noch 'was fragen?"

„Ja!"

„Wer ist dieser Klabautermann?"

Großvater Henner ging an seinen Schreibtisch. Darauf lag, neben vielen von ihm benötigten Dingen, ein schon abgegriffenes Buch. Ich wusste, hier hinein hatte er für ihn wichtige Dinge geschrieben. Er nahm das Buch, setzte sich wieder mir gegenüber in seinen Sessel und begann, nachdem er nach einigem Suchen die entsprechende Seite gefunden hatte, mir vorzulesen:

„Klabautermann.

Das ist der gute, unsichtbare Schutzpatron

der Schiffe, der da verhütet, daß den treuen und ordentlichen Schiffern Unglück begegne, der da überall selbst nachsieht, und sowohl für die Ordnung wie für die gute Fahrt sorgt. Den Klabautermann hört man im Schiffsraume, wo er die Waren gern noch besser nachstaue, daher das Knarren der Fässer und Kisten, wenn das Meer hochgehe, daher bisweilen das Dröhnen der Balken und Bretter, oft hämmere der Klabautermann auch außen am Schiffe, und das gelte dann dem Zimmermann, der dadurch gemahnt werde, eine schadhafte Stelle ungesäumt auszubessern; am liebsten aber setze er sich auf das Bramsegel, zum Zeichen, dass guter Wind wehe oder sich nahe. Den Klabautermann sieht man nicht, auch wünsche keiner ihn zu sehen, da er sich nur dann zeige, wenn keine Rettung mehr vorhanden sei. "

„Das habe ich irgendwo einmal gelesen. In diesem Fall weiß ich nicht mehr, wann und wo. Ich habe auch versäumt, mir eine entsprechende Notiz ins Buch zu schreiben. Aber eines weiß ich..."

„Nämlich?", fragte ich.

„Das hat Heinrich Heine über den Klabautermann geschrieben."

„Aha!"

„Ja! Na, ich war damals bereits zwei, vielleicht auch schon zweieinhalb Wochen zu Hause bei deiner Großmutter Antje, als ich eines Tages einen Anruf bekam."

„So, und nun lass mich raten! Hemingway hatte sich gemeldet! Stimmt das?"

„Nein! Am anderen Ende der Leitung war eine Frau, deren Namen ich heute nicht mehr weiß und sie erklärte mir, im Auftrag von Ernest Hemingway anzurufen und er lässt nachfragen, ob er mein Angebot, nach Sylt zu kommen, in einigen Tagen annehmen kann."

„Und?"

„Nichts da mit ‚und'. Selbstverständlich konnte ich nichts gegen sein Kommen einwenden. Im Gegenteil, ich hatte ihn, als wir auf dem Schiff miteinander sprachen, eingeladen. Ich habe dann mit der Anruferin noch besprochen, wie Ernest Hemingway nach Sylt gelangen kann. Ja, und sieben Tage später konnte ich ihn auf der Insel begrüßen."

„Wie ist er denn auf die Insel gelangt?"

„Mit dem Zug. Allein und ohne Begleitung. Nur mit einem kleinen Koffer in der Hand stieg er als Letzter aus dem Waggon auf den Bahnsteig."

„Ich habe immer die Vorstellung, dass berühmte Menschen mit einem Tross Begleiter unterwegs sind."

„Nein, nein. Er kam allein und ohne Satelliten. Und ich glaube, er wurde auch nicht erkannt und während der Reise belästigt. Du weißt, die Leute sind Prominenten gegenüber oftmals gnadenlos in ihrem Verhalten."

„Und dann?"

„Dann bin ich mit ihm in das erste Hotel am Platze gegangen. Er wollte zu Fuß gehen. Die Direktion hatte ich vorher darüber informiert, dass Hemingway in diesem Haus einige Tage bleiben möchte und ich habe die Zimmer unter meinem Namen reserviert, was ebenfalls so mit der Direktion besprochen war."

„Und bei Hemingways Aufenthalt auf der Insel gab es kein Aufsehen und keinen

Presserummel? Wenn sich heutzutage, egal wo, ein Film- oder Fernsehsternchen aus einer Vorabendserie zeigt, wird an dem Ort schon Tage vorher beinahe der Belagerungszustand durch die Medien inszeniert."

„Ernest Hemingway ist nicht mit diesen, wie sagtest du es, Sternchen, auf eine Ebene zu stellen. Er war ein ganz Großer. Und ich glaube, so wie viele dieser Menschen, die als die wirklich bedeutenden Zeitgenossen ohne weiteres bezeichnet werden können, mochte er den Medienauftritt nicht. Im Übrigen wussten nur sehr Wenige von seinem Besuch auf Sylt. Zwei oder drei Leute aus dem Hotel, er ohnehin, ich sowieso und vielleicht noch zwei oder drei Personen aus seinem unmittelbaren Umfeld. Sogar seiner Frau hat er erst später, wenn überhaupt, von seiner Reise nach Sylt erzählt."

„Dann war also für einen ungestörten Aufenthalt auf der Insel gesorgt!"

„Ja! Ich habe Ernest Hemingway dann in das Hotel gebracht und wir verabredeten, uns am nächsten Vormittag zu treffen. Er wollte den Strand kennen lernen. Ich habe deiner

Großmutter Antje gegenüber nicht mit einem Wort erwähnt, dass Hemingway auf die Insel kommt. Und auch nicht, dass ich mich mit ihm treffen werde. Ich habe, wenn ich zu Hause war, mir immer meine Freiräume gesucht. Mal bin ich am Strand gewesen, ein anderes Mal, besonders in der kalten Jahreszeit, habe ich mich mit Anderen in irgendeiner ruhigen Kneipe getroffen und wir haben geplaudert."

„Somit wusste Großmutter überhaupt nichts?"

„Nein, nichts!"

„Wenn du ohnehin immer wieder einige Stunden nicht zu Hause gewesen bist, ist ihr das auch nicht weiter aufgefallen."

„Nein."

„Und am nächsten Tag bist du zum Hotel und hast Hemingway zum Strandspaziergang abgeholt?"

„Ja. Er erwartete mich bereits im Foyer. Und, ob du es glaubst oder auch nicht, ich hatte den Eindruck, er war in diesem Moment ein sehr glücklicher Mensch."

„Du meinst, es könnte ihm gefallen haben, nicht erkannt zu werden und so, wie viele andere Leute, nur er selbst sein zu dürfen?"

„Ja, das meine ich. Nun, wir sind dann am Strand von Westerland zum Roten Kliff gegangen. Einige Tage, bevor Hemingway auf die Insel kam, hatten wir einen Frühjahrssturm und die aufgewühlte Nordsee überspülte den Strand und riss wieder Sand und Land mit sich fort. Er war begeistert davon, welche Kraft das Meer auch hier hat und welche Veränderungen durch das Wasser erfolgen…"

Mein Großvater unterbrach sein Erzählen und während dieser Pause und in diesem Moment meinte ich zu spüren, wie sehr er von dieser Begegnung noch heute, dutzende Jahre später, zehrte. Ich konnte, beinahe körperlich fühlen, diese wenigen Tage, mögen es drei oder vier gewesen sein, die er hier auf Sylt mit Ernest Hemingway erleben konnte, waren eine sehr bedeutende Episode in seinem Leben.

„Und, Henner", versuchte ich, ihn zum weiteren reden zu bewegen, „worüber habt ihr gesprochen?"

Mein Großvater nippte erneut an seinem

Glas mit dem Rotwein, dann antwortete er mir:

„Wir haben wenig gesprochen. Wir sind die meiste Zeit, ohne zu reden, nebeneinander gelaufen. Ernest Hemingway stapfte neben mir durch den nassen Sand und freute sich jedes Mal, so, wie ein kleiner Junge, wenn es ihm gelungen war, der auf den Strand gespülten Zunge einer Welle auszuweichen. ‚It's good?' fragte er dann jedes Mal. Nach ungefähr zwei Stunden erreichten wir das Rote Kliff und ich bemühte mich, ihm diesen, auf der Insel einmaligen Steilhang, 30 m hoch, zu erklären. Dir ist sicher bekannt, dass in beinahe jedem Jahr durch die gewaltigen Kräfte des Meeres ein Teil des Kliffs abgetragen wird? Übrigens, diese, durch Wasser erfolgenden Abtragungen an einem Kliff werden Abrasion genannt. Und nur dann, wenn Wasser die Form einer mehr oder weniger stabilen Plattform gestaltet, wird das als Kliff bezeichnet. Hat mir 'mal ein Geologe erklärt..."

Nach einer kurzen Pause fragte er mich:

„Weißt du, dass das Rote Kliff viele

Jahrhunderte eine Orientierungshilfe für Seefahrer war?"

„Nein. Und du wirst mir das, da bin ich mir sicher, gleich erklären!"

„Weder an der dänischen, auch nicht an der deutschen und an der niederländischen Nordseeküste gibt es eine solche markante Abbruchküste. Und, übrigens, Geologen vermuteten bis in das 19. Jahrhundert Zusammenhänge zwischen dem Roten Kliff auf Sylt und den rot gefärbten Felsen der Insel Helgoland."

„So?"

„Allerdings, die Helgoländer Felsen sind älter und bestehen aus Buntsandstein, was nicht nur die älteste Abteilung des Erdmittelalters vor annähernd 250 Millionen Jahren war, sondern ebenfalls ein geschätztes, wenn auch leider poröses Baumaterial, ist. Dagegen entstand das Rote Kliff vor etwa 120 000 Jahren während der Saaleeiszeit, als Gletscher Gesteine und Geschiebelehm aus Skandinavien brachten und ablagerten. Übrigens ist man ohnehin der Meinung, Schleswig-Holstein ist die Schuttkuhle Skandinaviens..."

„Aha!"

„Die rote Farbe des Kliffs ist auf die Oxydation eisenhaltiger Bestandteile zurück zu führen. Als du noch ein kleiner Junge warst und bei uns in jedem Sommer auf der Insel zu Besuch, bin ich mit dir oft zum Roten Kliff spaziert. Dort haben wir, besonders nach Stürmen, wenn die Brandung bis an die Kliffkante tobte, Feuersteine, Porphyr- und Granitstücke gefunden. Einige von denen liegen dort, auf der Fensterbank."

„Mein Großvater deutete zu dem Fenster, von dem man in den Hausgarten sehen konnte. Und dann sagte er, dabei hörte ich aus seinen Worten eine zustimmende Meinung:

„Seit ungefähr 1980, im Zusammenhang mit Küstenschutzmaßnahmen vor dem Roten Kliff erfolgten Sandvorspülungen. Und der Landverlust durch Abbrüche konnte verringert werden. Allerdings auch um den Preis, dass ein Teil des Kliffs heute nicht mehr sichtbar. Statt dessen Dünen, mit Strandhafer bewachsen..."

„Das hast du Ernest Hemingway alles so erklärt?"

„Ich habe mich zumindest darum bemüht. Sicher kann ich mich mit jedem Lotsen vor jedem Hafen der Welt in englischer Sprache verständigen. Doch, die Unterhaltung mit Ernest Hemingway war für mich sehr schwierig und deshalb anstrengend. Sich mit einem Lotsen über die erforderlichen Dinge zu besprechen, um ein Schiff sicher an den Kai zu bringen ist etwas anderes, als mit einem Amerikaner über die Dinge des Lebens zu reden. Und, vielleicht, auch zu philosophieren. So bestand unsere Kommunikation im Wesentlichen aus einem Gemisch aus Sprache, Zeichen und einem, lass es mich so bezeichnen, 'Verstehen ohne Worte'. Das war allerdings recht gut. Ich meinte allerdings, er konnte meinen Ausführungen folgen. Wir sind dann, wiederum etwa zwei Stunden am Strand nach Westerland zurückgegangen. Bedenke, es war damals, als er mich besuchte, April. Und du weißt, da meint es das Wetter oft nicht so gut mit uns wie in manchem Sommer. Aber trotzdem glaube ich, er war begeistert von der Insel."

„Und dann?"

„Als wir wieder zurück gelaufen sind, nach Westerland, am Strand entlang, hat Hemingway wieder dieses Spiel mit den Wellen getrieben. Und sich wieder ein jedes Mal dann gefreut, wenn es ihm gelungen war, der auf den Sand gespülten Welle auszuweichen. Nach ungefähr zwei Stunden erreichten wir sein Hotel und ich glaube, Ernest Hemingway war sehr froh darüber."

„Warum?"

„Wir waren immerhin fünf Stunden, wenn nicht mehr, an diesem Tag am Strand unterwegs. Bevor ich ihn an der Rezeption verabschiedete, verabredeten wir uns für den nächsten Tag zur gleichen Zeit. Ich wollte ihn mit etwas sehr Schönem bekannt machen."

„Was du mir bestimmt nicht vorenthalten wirst, zu erzählen!"

„Warum sollte ich das tun?"

„Vielleicht willst du einige Dinge für dich behalten?"

„Nein, nein, Junge…! Du sollst alles erfahren über den Besuch, als er auf der Insel war. Jedenfalls alles das, was ich mit ihm erlebte. Was während der Zeit, während ich nicht mit ihm zusammen war, geschehen ist, das weiß ich nicht und kann dir deshalb darüber auch keine Auskunft geben."

Mein Großvater Henner erhob sich wieder aus dem Sessel, ging zum großen Fenster und sah aufs Meer.

„Also, am nächsten Tag holte ich Ernest Hemingway, wieder gegen zehn Uhr am Vormittag, in seinem Hotel ab", berichtete er weiter.

„Ich fragte, wie ihm der Spaziergang am Strand gefallen habe und er meinte, alles gut überstanden zu haben. ‚And today', sagte ich ihm, we'll meet an exhibition!' Worauf er nur antwortete: ‚Now, lets go!' Ich hatte ein Taxi zum Hotel bestellt und wir fuhren nach Kampen…"

„Lass mich raten, wohin!"

„Nee. Ich sage es dir. Wir haben uns zu dem Haus und der Galerie von Siegward Sprotte fahren lassen. Er hatte sich das Haus Anfang der 50-er Jahre in Kampen, Dorfstraße 1, meine ich, bauen lassen…"

„Du hast Hemingway und Sprotte miteinander bekannt gemacht?"

„Na ja, ich habe Ernest Hemingway die Galerie mit den Bildern Sprottes gezeigt. Der war, wie so häufig, auf Reisen… Jedenfalls war er, Sprotte, nicht anwesend, was Hemingway bedauerte, als er sich mit den Bildern und mit allem, was es dort zu besichtigen gab, vertraut gemacht hatte."

Ich hatte bereits berichtet, mein Großvater Henner war ein sehr belesener Mann und vergaß allerdings zu erwähnen, dass man in seinem Zimmer, sehr zum Leidwesen meiner Großmutter Antje, stets Bücherstapel zur Seite räumen musste, wenn das Eine oder Andere gesucht und benötigt wurde. Allerdings hatte Großvater Henner, zu seinem ausdrücklichen Bedauern, kaum oder nur sehr bescheidene bildkünstlerische Kenntnisse. Dafür verfügte er über nahezu unerschöpfliche kunstgeschichtliche Fakten. Es war ihm leider nicht vergönnt, die erforderlichen handwerklichen Fertigkeiten zu besitzen, um ein Bild zu malen oder eine Grafik zu drucken. Ich hatte manchmal den Eindruck, das hätte er gern getan. Einmal fragte ich ihn danach und er antwortete:

„Erstens kann man nicht alles können. Das ist besonders für mich zutreffend. Und dann, stell' dir das 'mal vor, ich wäre mit meinen Malsachen auf einem Schiff... Nee, stell' dir das lieber nicht vor. Aber, mein Lieber, wenn man begriffen hat, über bestimmte Fertigkeiten und Fähigkeiten nicht zu verfügen, dann ist das genau die Ansicht über die Dinge, die erreicht werden muss, um das vorhandene Unvermögen nicht als Makel zu empfinden."

Dann berichtete er mir weiter von dem Besuch mit Ernest Hemingway in der Galerie Sprotte:

„Nun, ich kannte viele der dort ausgestellten Arbeiten. Deine Großmutter und ich haben in jedem Sommer ein- oder zweimal diese Galerie besucht. Ich wollte Ernest Hemingway bei seinen Betrachtungen nicht stören und schon gar nicht beeinflussen. So ließ ich ihn allein in den Räumen mit den Bildern, Grafiken und kalligraphischen Betrachtungen. Und ich hatte das Gefühl, Ernest Hemingway ließ darüber allerdings nie etwas verlauten, ihn würden die Arbeiten von Sprotte interessieren, sogar sehr interessieren…"

„Und du hast dann, während sich Hemingway mit den Arbeiten in der Galerie beschäftigte, vor der Tür gestanden?"

„Wie immer, hatte ich ein Buch mitgenommen und habe auf einer Bank gesessen und gelesen. Nach zwei Stunden kam Ernest Hemingway zu mir und ich bemerkte, er war emotional sehr ergriffen von dem Gesehenen. Als wir dann die wenigen hundert Meter zum Strand gingen, ich wollte ihm das Rote Kliff von der Uwe-Düne aus zeigen, war Ernest Hemingway sehr, sehr still. Er lief ruhig neben mir und ich glaube, er war in diesem Moment sehr nachdenklich und wollte nicht, dass seine Überlegungen, durch wen oder was auch immer, gestört werden."

„Sag 'mal Henner, hat euch auf der Insel niemand erkannt? Ich meine, Hemingway war doch damals schon eine bekannte Persönlichkeit."

„Damals war die Insel, im Gegensatz zu heute, noch ein vergleichsweise stilles Stück Erde. Und Hemingway kam im zeitigen

Frühjahr, da war es noch ruhiger. Am ersten Tag, als wir zum Roten Kliff am Strand entlanggingen, waren es von seinem Hotel bis zum Strand nur wenige Schritte, und am Strand waren nur einige Leute unterwegs und zudem mit sich selbst beschäftigt. Es mag sein, dass er von einigen Leuten erkannt wurde. Aber, belästigt wurde er nicht."

„Vielleicht hatten die Menschen sehr viel Respekt vor dem berühmten Mann und konnten Berührungsängste nicht überwinden."

„Mag sein. Jedenfalls sind wir dann wieder von der Uwe-Düne mit dem Taxi nach Westerland gefahren."

„War er auch bei Großmutter Antje und dir zu Besuch?"

„Als ich ihn nach dem Galeriebesuch am Hotel verabschiedete, hatte er mir zugesichert, uns am nächsten Tag zu besuchen. Am Vormittag wollte er allein noch einige Unternehmungen machen und am Nachmittag kommen. Ich verabredete mit dem Taxifahrer, dass er Hemingway zur ausgemachten Zeit fährt und habe unsere Adresse, darum hat er mich gebeten, in sein

Notizbuch geschrieben."

„Und was sagte Großmutter Antje?"

„Die war, wie immer vor Besuchen, das weißt du, sehr aufgeregt. Eigentlich ohne Grund, denn Ernest Hemingway war mir gegenüber ein angenehmer Zeitgenosse."

Großvater Henner hatte sich wieder an das Fenster gestellt und sah auf das Meer hinaus.

„Aber leider ist er nicht gekommen."

„Warum nicht?"

„Zur vereinbarten Stunde kam das Taxi und der Fahrer brachte uns einen Brief. Ernest Hemingway hatte ihn an der Rezeption seines Hotels hinterlegt und darum gebeten, er möge uns gebracht werden."

„Das erledigte nun der Taxifahrer."

„Ja. Leider, so teilte er mit, musste er, ohne es vorher zu wissen, die Insel verlassen."

„Hat er geschrieben, warum?"

„Nein. Er bedankte sich noch einmal für die beiden sehr schönen Tage und die Begegnung mit der Insel. Später, als ich unregelmäßigen Briefkontakt mit Ernest Hemingway hatte, schrieb er mir, er wurde wegen der in Afrika erlittenen Verbrennungen sofort nach Venedig zu den Ärzten gebeten. Das Telegramm lag bereits an der Rezeption, als ich ihn nach dem Galeriebesuch am Hotel verabschiedete."

„Hast du die Briefe noch, die er dir geschrieben hat?"

Großvater Henner ging zu seinem Schreibtisch und holte aus einer Schublade ein sorgfältig verschnürtes Bündel, in dem ein dünnes Buch eingebunden war.

„Hier sind seine Briefe und ein Exemplar seiner wohl bekanntesten Geschichte, die von dem alten Mann und dem Meer. Er hat es mir mit einer persönlichen Widmung geschickt, als er dann später den Literaturnobelpreis bekommen hatte. Bekanntlich für dieses Buch."

Ich nahm die Briefe und betrachtete sie schweigend.

„Ernest Hemingway hat übrigens am 20. Mai 1958 schriftlich verfügt, dass keiner der zu seinen Lebzeiten geschriebenen Briefe veröffentlicht wird. Ich befolge diesen Wunsch!"

Großvater Henner nahm die Briefe und legte

sie in die Schublade seines Schreibtisches zurück.

Dann ging er wieder an das Fenster und sah auf das Meer. Ich stand auf und stellte mich neben ihn. Wir sahen schweigend auf die See, als wir meine Großmutter Antje rufen hörten:

„Das Mittagessen steht auf dem Tisch!"

„Henner, woher weißt du, dass seine Briefe nicht veröffentlicht werden dürfen?"

„Das hat mir seine Frau Mary mitgeteilt."

Eine Veränderung

Vor einigen Monaten war ich in der Sprechstunde meines Hausarztes. Ich wollte mir die Gehörgänge reinigen und mich gegen Tetanus impfen lassen.

Aber der Herr Doktor, ein wirklich netter Mensch, bestand auch noch darauf, mir Blut abzunehmen. Das sollte im Labor untersucht werden:

„Sie sind jetzt in dem Alter", sagte der Doktor und begründete so sein Vorhaben, „da machten viele andere bereits eingehende Erfahrungen mit Krankheiten. Ich meine damit nicht die Fraktur eines Knochens oder den Axthieb in den Daumen...""

„Sondern?"

„Na, so mehr die inneren Dinge!", meine ich, „Die Blutzuckerwerte sind nicht in Ordnung, auch das Cholesterin ist nicht mehr so anzutreffen, wie gewünscht. Na, und anderes mehr..."

Ich war mir sehr sicher, gesund zu sein und wollte zunächst dem Doktor untersagen, irgendwelche meiner Körperflüssigkeiten zu entnehmen und einzubehalten. Aber dann siegte der gute Mensch in mir und ich beschloss, dem Doktor die Freude an seinem Beruf nicht zu nehmen. Außerdem, warum sollte ich mich gegen eine solche Untersuchung wehren, wenn ich meinte, gesund zu sein? Also sagte ich:

„Wenn Sie meinen, dann zapfen Sie! Aber nicht alles das, was in mir fließt, bitte!"

Der Doktor bat eine seiner Assistentinnen darum, mir die für derartige Untersuchungen erforderliche Menge Blut zu entnehmen und schickte mich mit dem liebenswürdigsten Lächeln in das für solche Fälle eingerichtete Zimmer seiner Praxis und rief mir noch nach:

„Sollte 'was sein, melden wir uns bei Ihnen!"

Die Krankenschwester arbeitete an meiner Vene mit äußerster Professionalität und wenige Minuten später stand ich, mit einem Pflaster in der Ellenbeuge beklebt, vor der Hausarztpraxis in der mild scheinenden Frühlingssonne.

Ich ging nach Hause und begann zu hoffen, nicht angerufen zu werden. Der Doktor hatte nur versprochen sich dann zu melden, wenn was sein sollte. Nur dann! Darauf vertraute ich.

Am vierten Tag nach meinem Besuch in der Hausarztpraxis klingelte am frühen Vormittag das Telefon. Ich stand in diesem Moment unter der Dusche und als die Klingel des Telefons in's Badezimmer klang, betätigte ich versehentlich die Mischbatterie so, dass kaltes Wasser aus dem Duschkopf und auf mich strömte. Ich erschrak und stellte sofort das Wasser ab. Dann griff ich meinen Bademantel und stieg aus der Dusche. Ich eilte zum Telefon, das in dem Moment, als ich den Hörer abnehmen wollte, zum letzten Mal wegen dieses Anrufes klingelte.

„Verdammt!", sagte ich leise und drückte die Taste, die mir die eingegangenen Anrufe anzeigte. Leider war der soeben erhaltene Anruf als „unbekannt" registriert worden und ich mutmaßte, mein Hausarzt würde sich wohl anständigerweise nicht als „unbekannt" in meinem Telefon verewigen wollen.
Irgendeiner inneren Neugier folgend suchte ich auf dem Speicher des Telefons nach weiteren angekommenen Anrufen und stellte

fest, mein Hausarzt hatte sich bereits gestern, am späten Nachmittag, bei mir gemeldet. War das nun ein gutes oder ein schlechtes Zeichen? Ich favorisierte das schlechte Zeichen. Denn wie hatte mein Hausarzt gesagt?

„Sollte 'was sein, melden wir uns bei Ihnen!"
So, und nun hatten sie sich gemeldet! Bei mir gemeldet! Also war was bei oder mit mir nicht in Ordnung.

Ich beschloss, nun erst einmal in aller Ruhe und sehr gemütlich, meine morgendliche Duschorgie fortzusetzen und dann zu Ende zu bringen. Wer weiß, wie viel Zeit ich auf der Welt noch hatte. Wer wusste es schon, ob meine Tage nicht ab sofort gezählt waren?
Irgendwann wurde das aus der Dusche strömende Wasser kalt, das warme Wasser im Boiler war aufgebraucht. Ich stellte das Wasser aus, trocknete mich ab und ging in die Küche, um zu frühstücken.
Danach, nach dem Frühstück, rief ich in der Hausarztpraxis an.

Die Krankenschwester, die mir das Blut entnommen hatte, sagte mit ernster Stimmer:

„Bitte komm' Se noch heute zu uns! Am besten sofort! Wir müssen etwas besprechen!"

In diesem Moment dachte ich an eine Karikatur:

Ein Mann sitzt im Klobecken und hat die Strippe zum Spülwasserkasten in der Hand. Eine Sprechblase verkündet:

„Ade, du schöne Welt!"

Obwohl ich seit fünf Jahren nicht mehr rauchte, spürte ich augenblicklich das Verlangen nach einer Zigarette, die ich selbstverständlich nicht im Haus hatte. Vor der Zeit meiner Nikotinabstinenz rauchte ich an jedem Tag mehr als dreißig Zigaretten. Mal mehr, mal weniger. Ich hatte dennoch keine große Mühe, das Rauchen aufzugeben. Seitdem bezeichne ich mich als ‚erloschenen Smoker', dem, gleich einem 'trockenen Alkoholiker', der Rückfall droht. Falls er rückfällig werden sollte.

Meistens war derartiges Verlangen nach wenigen Augenblicken abgeklungen und ich konnte dann mein rauchfreies Leben weiter genießen. So war es auch an diesem Morgen: Nach etwa drei Minuten war das Verlangen meinem Willen unterlegen und ich begab mich auf den Weg zu meinem Hausarzt.

Dessen Praxis erreichte ich nach etwa einer halben Stunde Fußweg. Unterwegs dachte ich darüber nach, was mich dort erwartete. Ich hoffte inständig, die Schwester würde mich an der Eingangstür erwarten und mir mitteilen, es wäre ein Versehen gewesen, mich angerufen und zum Kommen gebeten zu haben.

Ich näherte mich mit jedem Schritt der Praxis meines Hausarztes und als ich nur noch eine Straße entfernt war, hatte ich keinen Zweifel daran, dass die Schwester mich erwartete.

Als ich um die Ecke bog und zum Haus meines Arztes blickte, suchte ich die Schwester vergebens. Ich blieb stehen, blickte in den blauen Himmel und sagte leise:

„Sei ein Mann! Geh' da jetzt 'rein!"

Als ich nur noch wenige Schritte von der

Haustreppe entfernt war, musste ich noch einmal alle Kräfte und allen Mut aktivieren, um nicht umzukehren und wieder nach Hause zu gehen.

Ich stieg die wenigen Stufen, es waren sieben, zur geöffneten Haustür empor, ging durch einen breiten und mit Terrazzo belegten Flur zur Eingangstür der Praxis und klingelte. Die Schwester, die mich in meinen Vorstellungen auf der Treppe vor dem Haus erwartet hatte, öffnete und sagte:

„Ach, Sie sind's. Komm' Se 'rein!"

Dann trat sie einen Schritt zur Seite und ließ hinter mir die Tür in das Schloss fallen. Drinnen sagte sie zu mir:

„Geh'n Se in die Zwei, der Doktor kommt gleich!"

Ich tat das, was die Schwester mir gesagt hatte und öffnete die Tür, an der die Ziffer 2 prangte. Dann trat ich ein und setzte mich nicht auf den Stuhl vor dem Schreibtisch, sondern stellte mich an die Fensterbank und sah in den etwas verwilderten Garten. Ich wünschte mir, mein Hausarzt würde mir sagen, die Untersuchung meines Blutes hätte nichts, was gesundheitsgefährdend ist, ergeben. Und er wollte mir die gute Nachricht selbst erklären:

„So'n bisschen Freude braucht auch einer wie ich. Immer nur kranke Menschen... Sie verstehen?"

Wie lange ich in den Garten gesehen hatte, ist mir nicht mehr gegenwärtig. Aber es müssen wohl mehr als zehn Minuten oder auch eine Viertelstunde gewesen sein. Denn, als ich bemerkte, wie jemand 'die Zwei' betrat und die Tür schloss und ich mich umdrehen wollte, war mein linkes Bein etwas eingeschlafen.

Ich wendete mich dennoch um und blickte in das von Sorgen, wahrscheinlich um seine Patienten, also auch um mich, gezeichnete Antlitz meines Hausarztes.

Ich ging auf ihn zu und reichte ihm die Hand zur Begrüßung. Er erwiderte meinen Gruß mit schlaffem Händedruck und deutete auf den Stuhl vor dem Schreibtisch und setzte sich mir gegenüber auf die Liege an der Wand.

Dann sah er mich einige Momente an und begann, mir zu erklären:

„Mit Ihren Blutwerten ist soweit alles in Ordnung..."

„Aber?", fragte ich.

„Da ist etwas, was wir uns nicht erklären können..."

„Und was? Würmer, Maden, Zellen oder etwa 'was Abartiges?"

Mein Hausarzt sah mich einige Augenblicke durch seine schwarze Brille durchdringend an und meinte dann:

„Wir wissen es nicht!"

„Wer ist wir?", fragte ich.

„Ich habe gestern eine Stunde mit dem Labor telefoniert, erst mit der Laborantin gesprochen, dann mit dem Chef. Und dann mit einem Kollegen am Uni-Klinikum..."

„Und?"

„Jeder bestätigte mir Unregelmäßigkeiten. Aber keiner konnte mir den Grund dafür nennen, geschweige denn auch nur irgendwelche Behandlungsempfehlungen aufzeigen..."

Ich hatte den Eindruck, mein Hausarzt wollte sich bei mir für diese Unzulänglichkeiten entschuldigen, als ich ihn sagen hörte:

„Aber wir bekommen das in den Griff!"

„Nun", versuchte ich, den Mann mir gegenüber zu beruhigen, „darüber habe ich keine Zweifel. Aber bitte, sagen Sie mir doch, was in meinem Blut so Ungewöhnliches schwimmt!"

„Das ist es ja! Da ist 'was! Irgendwas, aber wir wissen nicht, was es ist! Wir wissen weder, ob es Krankheiten auslösende Bakterien oder Viren sind. Jedenfalls nichts von dem, das bekannt ist. Wir wissen nicht, ob es sich um das, was in Ihnen schwimmt, lassen Sie es mich so nennen, um gutartige oder bösartige Begleiter handelt. Wir wissen nicht, woher die kommen. Und auch nicht, wie lange die bereits in Ihnen sind. Und wir wissen auch nicht, was man gegen ‚die' machen kann!"

„Was wissen Sie denn dann?"

„Das wir beobachten müssen. Wir haben Ihr Blut, also ich meine das, was wir vor einigen Tagen bekommen haben, genauestens untersucht und in die einzelnen Bestandteile zerlegt. Das einzige, was ich weiß, ist, wir müssen Sie weiter untersuchen. Wären Sie damit einverstanden, wenn Sie einmal in der Woche zu uns kommen, um uns etwa 10 Milliliter Ihres Blutes zu überlassen?"

„Ich fühle mich pudelwohl, Herr Doktor..."

„Wer weiß, wie lange noch! Ich mache Ihnen einen Vorschlag! Sicher etwas ungewöhnlich!"

„Da bin ich aber neugierig!"

„Wenn mit Ihnen nichts ist, verspreche ich Ihnen, Sie brauchen in meiner Praxis nie wieder länger auf mich zu warten, bis die erforderlichen Formalitäten bei den Schwestern erledigt sind. Und wenn bei und mit Ihnen 'was nicht in Ordnung ist, haben Sie vielleicht der Wissenschaft einen Dienst erwiesen..."

„Was? Ich soll ein Versuchskarnickel sein?"

„Ich verspreche Ihnen, wir wollen nur Ihr Blut und wenn was ist, passiert nichts wider Ihren Willen!"

Ich stand auf und ging zum Fenster. Dann sah ich einige Augenblicke in den leicht verwilderten Garten. Ich dachte darüber nach, wie ich mich verhalten sollte. Habe ich nichts, kann ich auf die wöchentlich zehn

Milliliter Blut verzichten. Ist 'was, könnten die wöchentlichen zehn Milliliter mir den Aufenthalt auf unserer schönen Erde verlängern helfen...

Ich spürte, wie mein Hausarzt mich beobachtete. Ich drehte mich zu ihm und sagte:

„Also gut, jede Woche zehn Milliliter! Und keine Tricks! Und wann?"

„Immer Dienstag um acht? Sie sollten vor dem Frühstück kommen!"

„Um acht! Und nur die Krankenschwester darf das machen. Nicht die Arzthelferin. Auch nicht die Sprechstundenhilfe!"

„Versprochen!", sagte mein Hausarzt, „Und nun darf ich Sie um die ersten zehn Milliliter Ihres kostbaren Blutes bitten!"

Mein Hausarzt schob mich aus der Zwei und auf den Flur seiner Praxis. Dann gab er der Krankenschwester ein Zeichen, worauf die mich aufforderte, sie in das mir bereits bekannte Zimmer zur Blutentnahme zu begleiten...

Nach vier oder fünf Wochen, während der

an jedem Dienstag früh um acht die Blutentnahme in der Praxis meines Hausarztes erfolgte, stellte ich an mir Veränderungen fest.

Ich stehe nicht an jedem Morgen und Abend vor dem Spiegel und begutachte mich und pule an mir herum und kratze hier und schabe dort. Doch was ich dann an einem Sonntagmorgen an mir sah, ließ mich doch erschrecken:

Ich hatte am Vortag den sehr schmutzigen Boden unseres Hauses aufgeräumt und gereinigt und mich anschließend geduscht. Zunächst meinte ich, mich nicht gründlich gewaschen zu haben und wollte unter meinem rechten Oberarm einen schwarzbraunen Schleier wegwischen. Doch als das keinen Erfolg hatte, holte ich meine Brille und besah mir nun die Erscheinung unter dem rechten Oberarm genauer. Und ich sah sehr deutlich einzelne Härchen, die dort wuchsen! Unter meinem rechten Oberarm hatte sich ein dünner Flaum schwarzbrauner Haare gebildet! Vorsichtig strich ich mit der linken Hand über die Stelle, um sicher zu sein, dass ich mich nicht irrte. Doch egal wie ich diese Stelle berührte, es waren Härchen, die ich spürte und die dort wuchsen. An der Innenseite meines rechten Oberarmes und die Stelle war etwa fünf bis sechs Zentimeter lang und drei oder vier Zentimeter breit.

Ich holte mir eine Taschenlampe und beleuchtete die Stelle unter meinem Oberarm erneut vor dem Spiegel und betrachtete diese dann nochmals durch die Brille. Dann hatte ich keine weiteren Zweifel! Da wuchsen Haare!

Ich erinnerte mich daran, dass meine Mutter mir damals, als ich ein Jugendlicher war, erklärt hatte, nach meiner Geburt wäre an mir eine deutlich erkennbare Lanugobehaarung festgestellt worden. Jedoch, meine Jugend erlebte ich vor vierzig Jahren und seitdem hatte ich an der Stelle unter meinem rechten Oberarm bestimmt keine Haare wachsen sehen. Ich wusste, Lanugobehaarung bildet sich etwa in der fünfzehnten Schwangerschaftswoche als genetisches Rudiment der Entwicklung des Menschen von seinen affenähnlichen

Vorfahren heraus. Die Lanugo schützt die Haut des Embryo vor dem Entfetten durch das Fruchtwasser. Bei den meisten Babys verschwindet die Lanugo kurz vor der Geburt. Manchmal aber und so, wie bei mir, sind Reste davon auch noch an den ersten Tagen nach der Geburt zu beobachten.

Am Dienstag sollte ich wieder, wie gewohnt, gegen acht Uhr am Morgen, zu meinem Hausarzt kommen. Ich würde ihm von meinen Beobachtungen berichten und ihm die leicht behaarte Stelle unter meinem rechten Oberarm zeigen.

Meine Großmutter war schon damals, als ich fünf oder sechs Jahre alt war, davon überzeugt, ich wäre ein „...sehr reinlicher Mensch." Und in der Tat war es mir ein Bedürfnis, während körperlicher und auch während schwerer Arbeit, sehr oft die Hände zu waschen. Beispielsweise auch dann, wenn ich im Garten arbeitete und mich mit Erde beschäftigte. So, wie einst von Hermann Hesse empfohlen.

Nach den oft schweißtreibenden Arbeiten in Haus und Garten war es für mich deshalb ein Vergnügen, unter der Dusche die Plage der Arbeit, wenn auch gern getan, abzuspülen.

Und am Morgen war ein Bad oder wenigstens ein längerer Aufenthalt unter der Dusche für mich ein willkommener Beginn des Tages.

Nie hatte ich, während meiner Reinigungszeremonien im Bad und in der Wanne oder unter der Dusche und dem anschließenden Frottieren irgendwelche Veränderungen an mir bemerkt, ohne nun, wie bereits bemerkt, mein Äußeres intensiv zu prüfen und zu begutachten.

„Seit wann haben Sie das da?", mein Hausarzt deutete auf die mit einem Flaum bedeckte Stelle unter meinem rechten Oberarm.

Ich hatte ihm darüber berichtet, was ich am Sonntagmorgen beobachtete und er bat mich daraufhin, mein Hemd auszuziehen.

Dann hob er meinen rechten Arm und besah sich dessen Innenseite und sagte anschließend:

„Hm! Und seit wann haben Sie das da?"

„Das weiß ich nicht!", antwortete ich wahrheitsgemäß, „Aber bemerkt habe ich das vorgestern, am Sonntag!"

„Na, das ist doch schon 'mal 'was!", erwiderte der Arzt und hob noch einmal meine beiden Arme und betrachtete sich erneut die feinen Härchen unter meinem rechten Oberarm.

Der Doktor sah mich sehr ernst an und sagte dann:

„Ziehen Sie 'mal alles aus! Auch die Socken! Vielleicht finden wir da noch irgendwo diese Behaarung und Sie haben die noch nicht bemerkt!"

„Wenn Sie meinen! Sie sind der Arzt!", erwiderte ich und blickte den Mann im weißen Kittel erwartungsvoll an.

Dann zog ich mich aus und stellte mich auf die Matte, auf die der Doktor zeigte.

Er begann, mich sehr genau zu betrachten, bat mich nochmals, beide Arme zu heben, dann ein Bein, anschließend das andere, auf die Sitzfläche des Stuhls zu stellen. Mir wollte es erscheinen, als blickte er mit einer kleinen Taschenlampe, wie sie oft von Automechanikern verwendet wird, wenn die wichtigtuerisch mit kreisenden Bewegungen des Lichtkegels auf irgendwelche Roststellen am Unterboden meines Autos zeigten, in jede Pore meiner Haut.

Nach dieser an eine Zeremonie erinnernde Prozedur sagte der Doktor:

„Außer der Schambehaarung und der für einen Mann mittleren Alters typischen Behaarung konnte ich nichts Ungewöhnliches an Ihnen finden. Aber vielleicht könnten Sie sich 'mal überall rasieren. Dann sehen wir sofort, wenn irgendwo was wächst, was da nicht hingehört. Ich meine, Sie sehen es sofort!"

Ich sah den Doktor an und erwiderte dann:

„Ich wollte eigentlich in diesem Sommer noch an den Strand. Und überall an mir so glatt rasiert zu erscheinen... äh, ich meine, so glatt rasiert zu erscheinen... also Doktor, damit hätte ich Probleme."

„Warum?"

„Nun, ich meine, so glatt rasiert da am Strand zu laufen oder überhaupt, zu sein...!"

„Das ist heute aber ‚in'!", erwiderte der

Doktor und sah mich verschmitzt an. Offensichtlich hatte er verstanden, was ich meinte...

„Ach wissen Sie", erwiderte ich, „heutige Mode oder dergleichen hin und ‚in' her, wenn alle in einen Teich springen, dann springe ich nicht hinterher!"

„Verstehe!", grummelte der Doktor und sagte dann:

„Dann beobachten Sie dennoch ihren Haarwuchs und sagen mir gegebenenfalls Bescheid. Ich werde Ihretwegen 'mal einen Kollegen konsultieren..."

„Na", sagte ich, dann haben wir das ja..."

„Ja, denke ich auch...", sagte der Doktor und reichte mir die Hand, bevor er mich zur Tür begleitete.

Als er den Drücker in der Hand hielt, um die Tür zu öffnen, sah er mich noch einmal an und sagte:

„Machen Sie sich bitte keine Sorgen, wir bekommen das mit dem Bewuchs in den Griff!"

„Davon bin ich überzeugt!", erwiderte ich und verließ das Behandlungszimmer.

„Und vergessen Sie nicht, nächsten

Dienstag um acht!", rief mir die Schwester zu, bevor ich die Praxis verließ.

Ohne jemals darüber gesprochen zu haben, hatte ich das Gefühl, mein Hausarzt würde sich um die Sache mit der mir plötzlich wachsenden Behaarung sehr gründlich kümmern. Sich in Literaturen belesen, Kollegen befragen und im Netz recherchieren. Dennoch wollte ich mich ebenfalls bemühen, herauszufinden, was die Ursachen für diese Veränderungen auf meiner Haut sein könnten. Zwar war ich, was medizinische Dinge betrifft, ein Laie, aber lesen konnte ich immerhin bereits seit meinem sechsten Lebensjahr.

Ich begann meine Erkundigungen in einem medizinischen Wörterbuch und fand das, was ich bereits wusste. Nämlich, das die Lanugo eine Behaarung des Embryo ist. Gleiches konnte ich in verschiedenen Lexika lesen.
Ich informierte mich dann im weltweiten Netz und konnte das lesen, was mich beunruhigte:

„Bei Menschen, die an bösartigen Tumoren leiden oder die bestimmte Medikamente einnehmen, kann die Lanugo erneut wachsen."

Hatte ich einen bösartigen Tumor in mir? Denn die Möglichkeit, bei mir würde die Lanugo als Folge einer medikamentösen Behandlung wachsen, bestand nicht. Ich nahm keine Pillen, Dragees, Säfte oder Pulver ein und erhielt ebenso keine Injektionen pro oder contra irgendwelche Indikationen.

Warum musste ich jeden Dienstag zu meinem Hausarzt zur Blutabnahme? Bestand zwischen dem, was in meinem Blut gefunden und noch nicht identifiziert war und meiner Behaarung unter dem rechten Oberarm ein Zusammenhang? Wiederum beschloss ich, am nächsten Dienstag mit meinem Hausarzt über meine Recherchen und Vermutungen zu sprechen.

Ich hoffte auch, er würde mir nun auch erklären können, was da in meinem Blut schwamm.

So verbrachte ich die Tage bis zum nächsten Arztbesuch damit, mir Gedanken über die Bewohner in meinem Blut und das Wachsen embryonaltypischer Behaarung zu machen.

Am Sonnabend, das Wetter war dazu geeignet, stutzte ich die Hecke vor unserem Grundstück. Und selbstverständlich ging ich danach in das Badezimmer und unter die Dusche, um wieder Schweiß und Schmutz und nun auch ein wenig Ärger abzuwaschen. Ärger darüber, dass man uns von Amts wegen seit Wochen nötigte, die Hecke zu schneiden. Und das wider besseres Wissen. Bekanntlich währte die Brut- und Setzzeit für die in freier Natur lebenden Vögel, also auch für die in unserer Hecke, bis zum 15. Juni eines jeden Jahres.

Nun, als dann die Zweige der Hainbuchenhecke mehr als einen halben Meter den gemeindeeigenen Fußweg einengten, es war einige Tage nach dem 15. Juni, entschloss ich mich, übrigens auch auf Anraten meiner Frau, den Bitten und Forderungen der örtlichen Verwaltung nachzugeben und stellte für die Verwaltung akzeptable, weil gestutzte, Verhältnisse her.

Nach der Gartenarbeit ging ich unter die Dusche. Um es vorweg zu nehmen: Ich kam hinter dem Vorhang nicht mehr als derjenige hervor, der da in die Dusche gestiegen war. Der Grund ist sehr schnell genannt:
Auf der Innenseite beider Oberschenkel wuchs genau der Haarflaum, der auch an der Innenseite meines rechten Oberarmes inzwischen fellartig und nicht nur als Härchen, wucherte.
Wie bereits erwähnt, war ich es nicht gewohnt, an mir herumzupulen und jeden Pickel zu bewundern und möglicherweise zu katalogisieren. Aber das, was ich da an meinen Beinen entdeckt hatte, war einer näheren Betrachtung durchaus wert.

Ich stellte den Hocker in die Dusche, setzte mich und betrachtete den Haarwuchs an meinen Beinen, der jeweils etwa von der Mitte der Oberschenkel bis zum Kniegelenk ausgebildet und etwa vier Zentimeter breit war. Ich nahm meine Brille vom Regal neben der Dusche und als ich mir den Bewuchs näher betrachtete, stellte ich fest, die Haut war da, wo die Härchen sprießten, rötlich-orange verfärbt.

Diese Färbung der Haut hatte ich unter meinem rechten Oberarm nicht beobachtet.

Auch bemerkte ich, die Berührung der Härchen und der darunter befindlichen Haut bereitete mir keine Schmerzen, war auch nicht unangenehm. Es war eigentlich nichts anderes zu bemerken so, als wenn man seine eigene und gesunde Haut berührte.

Doch meine Haut war anscheinend nicht gesund! Das konnte nicht verleugnet werden.

Ich stellte den Hocker aus der Dusche, seifte mich ein, spülte den Schaum weg, stieg aus der Dusche und trocknete mich ab. Dann kleidete ich mich an und ging in den Garten, wo meine Frau mit dem Abendessen wartete. Als ich am Tisch stand, fragte sie:

„Ist was?"

„Nee! Was soll schon sein?"

„Ich dachte schon, du bist bedrückt oder es fehlt dir 'was?"

„Nee, alles in Ordnung!"

Ich bemühte mich, am Dienstag sehr pünktlich in der Praxis meines Hausarzt zu sein. Zugegeben, ich war unruhig. Beinahe nervös. Deshalb wollte ich sehr pünktlich beim Doktor sein.

Die Krankenschwester begleitete mich in die Drei. Nicht, wie üblich, in die Zwei und meinte, als ich sie, ohne zu fragen, anblickte:

„Wir hatten gestern einen Notfall..."

„Ach so, mit Blut und so...?"

„Ja, mit Blut..."

„Ist schon in Ordnung so", sagte ich, „in der Drei ist es doch auch angenehm, oder?"

„Ja, selbstverständlich!", erwiderte die Schwester und schob mich durch die Tür in das Zimmer.

Dann schloss sie die Tür und ließ mich in dem Raum allein.

Ich ging zum Fenster und stellte mich so, dass ich in das Zimmer blicken konnte. Die Einrichtung unterschied sich nicht oder nur wenig, von denen anderer Sprech- oder Behandlungszimmer bei mir bekannten Ärzten. An den Wänden hingen einige, ich zählte vier, anatomische Karten und in einem verschlossenen Glasschrank wurden Medikamente aufbewahrt. An der rechten Wand stand der Schreibtisch, davor der Stuhl für den Patienten, dahinter der Chefsessel für den Arzt. Und an der linken Wand, gegenüber dem Schreibtisch mit dem Computer darauf, eine Liege, mit einem ungebrauchten Papiertuch bedeckt.

Ich betrachtete mir die Einrichtung und Gestaltung des Behandlungszimmers und war bereits etwas weiter in meine Gedanken über das Interieur versunken, als mein Hausarzt eintrat und mir einen schönen und guten Tag wünschte.

Er reichte mir seine Hand zum Gruß und ich dachte, während unsere Hände sich berührten, nur daran, was er wohl zu meinem erneuten Haarwuchs sagen würde. Ohne Umschweife und ohne lange herumzureden öffnete ich meine Hose und ließ sie herunter. Dann stellte ich mich vor den Doktor, zeigte auf die Härchen an der Innenseite meiner Oberschenkel und sagte:

„Da!"

Der Doktor setzte sich seine Brille auf und zog mich näher an sich heran. Dann murmelte er etwas mir unverständliches und sagte anschließend:

„Passt!"

„Was passt?", fragte ich.

Der Doktor reagierte nicht auf meine Frage und sagte statt dessen:

„Wir sollten 'mal was besprechen! Setzen Sie sich bitte!"

Ich zog die Hose wieder hoch, schloss den Gürtel und als ich mir den Stuhl vor dem Schreibtisch zurecht gerückt und mich darauf gesetzt hatte, blickte ich meinen Hausarzt an und sah in ein sehr ernstes Gesicht.

Der Doktor räusperte sich und dann sagte er zu mir:

„Die Auswertung der Blutproben ist da!"

„Und?", fragte ich und sah den Doktor erwartungsvoll an.

„Ja nun!", sagte mein Hausarzt, „das lässt sich nicht mit zwei oder drei Sätzen erklären! Ich meine das, was die Kollegen im Labor da herausgefunden und aufgeschrieben haben"

„Na, dann eben ich acht oder zehn Sätzen!", entgegnete ich ungeduldig.

„Reicht auch nicht!", erwiderte der Doktor.

„Hören Sie bitte", sagte ich, „nicht bevor Sie mir klipp und klar und ohne Wenn und Aber erklärt haben, was mit mir los ist, stehe ich von diesem Stuhl auf!"

„Das glaube ich Ihnen gerne", sagte der Doktor und begann, in seinen Unterlagen zu kramen. Vermutlich suchte er den Befund vom Labor. Oder er kramte in seinen Zetteln und Papieren, um dabei die rechten Worte für das zu finden, was er mir sagen wollte.

Das muss etwas sehr Bedeutendes sein, was er mir mitzuteilen hatte. Sonst würde er wohl schneller mit seinen Erklärungen beginnen. Dachte ich, als plötzlich der Doktor aufstand und zu sprechen begann:

„Sie sind, nach unseren Erkenntnissen, der weltweit erste Mensch, an dem diese Beobachtungen gemacht worden sind...!"

„Wer ist ,wir'?", unterbrach ich den Doktor.

„Die Kollegen im Labor an der Universität und ich!"

„Ach so!"

„Also, bis jetzt ist so 'was noch nicht beobachtet worden. Ich meine, die Ausbildung der Lanugobehaarung in Ihrem

Alter. Bei Babys ist so etwas beinahe normal. Besonders dann, wenn die Kleinen einige Tage früher geboren werden als erwartet..."

„Meinen Sie und Ihre Kollegen, ich werde nun wieder ein Baby?"

„Nein, das bestimmt nicht. Da kann ich Sie beruhigen!"

„Wirklich?"

„Ehrlich und wirklich!", der Doktor sah mich nun wieder sehr ernst an. Dann fragte er mich:

„Haben Sie biologische oder chemische oder einige medizinische Vorkenntnisse?"

„Weshalb? Ich habe eine meiner Abiturprüfungen in Biologie abgelegt. Übrigens mit gutem Erfolg! Danach habe ich mich mit biologischen, chemischen und damit im Zusammenhang stehenden medizinischen Fragen nur soweit beschäftigt, wie es in der Zeitung steht oder in Ratgeber-Sendungen verkündet wird."

„Aha!", sagte der Doktor, „das ist ja wenigstens 'was und wir brauchen nicht beim oft zitierten Punkt Null zu beginnen!"

„Womit?"

Jedoch, der Doktor antwortete nicht auf

meine Frage und begann zu erzählen. Die ersten Sätze konnte ich nur sehr schwer verstehen. Offenbar hatte der Doktor Mühe, seine Gedanken zu formulieren:

„Wissen Sie", begann er mit mir zu reden, „wissen Sie eigentlich, was PCB's sind?", der Doktor sah mich fragend an.

„Da habe ich 'mal 'was gehört. Aber so richtig verstanden habe ich das nicht und leider auch wieder vergessen. Oder, um es mit anderen Worten und sehr ehrlich zu sagen: Ich muss Ihre Frage abschlägig beantworten: Nein, ich weiß es nicht!"

„Auch gut, dann werde ich es Ihnen erklären! Lassen Sie mich zunächst ein wenig in die Vergangenheit abschweifen..."

„Macht nichts, ich habe heute keine weiteren Termine..."

„Na, dann ist's ja gut!", erwiderte der Doktor und begann erneut zu erklären:

„Die Abkürzung PCB bedeutet polychlorierte Biphenyle. Das sind organische, weil kohlenstoffhaltige, chemische Verbindungen. Die wurden so etwa ab 1900 im Labor synthetisch hergestellt. Und etwa seit dem Ende der

1920-er Jahre dann auch industriell produziert...", der Doktor blicke einige Augenblicke aus dem Fenster, dann sprach er weiter:

„PCBs wurden in den dann folgenden Jahren und Jahrzehnten in der sprichwörtlichen Hülle und Fülle produziert. Waren sie doch als Weichmacher in Farben und Lacken begehrt, als Isolierschutz für elektrische Kabel, als Hitze- und Brandhemmer für Möbel, in der Klebstoffproduktion ebenso wie bei der Herstellung von Hydraulikflüssigkeiten. Und wie Sie sich bestimmt denken können, weisen die PCB auch einige Nachteile auf. Doch die wurden zunächst nicht beachtet..."

„Ist oft so. Und welche nachteiligen Eigenschaften sind das?"

„PCB sind sehr giftig. Sie verursachen schwere Schäden an Leber und Haut, gelten als krebserregend und sind Ursache weiterer Krankheiten. Zudem sind sie fettliebend, also lipophil, und lagern sich deshalb in den Fettschichten der Organismen an. Sie werden demzufolge, wenn sie einmal eingeatmet oder sonst wie im Organismus angekommen sind, nicht wieder ausgeschieden...“

Der Doktor sah mich an, er sah mich sehr lange an, dann sagte er weiter:

„Es ist bewiesen, dass unter anderem auch PCB bei Föten die Produktion des Schilddrüsenhormons unterdrücken, welches für die Gehirnentwicklung sehr bedeutend ist. Man beginnt darum zu diskutieren, ob durch die in der Umwelt enthaltenen Gifte die zunehmende Häufigkeit kindlicher Störungen zu erklären ist. Ich meine damit Defizite in der Aufmerksamkeit oder auch Autismus...“

Ich unterbrach die Ausführungen meines Hausarztes und fragte sehr erstaunt:

„Doktor, Sie sprachen davon, dass PCB Veränderungen der Hautzellen bewirken können...“

„Hm!“

„Meinen Sie wirklich, mich hätten irgendwelche PCB verändert? So ’was wie ’ne Mutation meiner Hautzellen bewirkt?“

Der Doktor stand auf, ging erneut zum Fenster und sah hinaus. Dann wendete er sich um, sah mich an und sagte:

„Das ist nicht mehr auszuschließen! Ja,

diese Möglichkeit besteht. Die Wahrscheinlichkeit ist sogar erhöht!"

„Und wie hoch schätzen Sie die ein? Ich meine, die Wahrscheinlichkeit, dass PCB für meine Lanugobehaarung zuständig sein könnten."

„Ich kann Ihnen keine Zahl nennen, aber eine hohe Wahrscheinlichkeit sollten wir schon in Betracht ziehen..."

„Meinen Sie wirklich...?"

„Ja!"

Danach war es sehr still in dem Raum. Solange sehr still, bis der Doktor hinter mich trat, seine Hände auf meine Schultern legte und sagte:

„Ich kümmere mich um Sie! Noch ist nichts, überhaupt nichts, bewiesen und demzufolge auch nicht verloren."

„Danke, Doktor! Und wie geht es nun weiter?"

„Die Kollegen aus dem Uni-Labor, wohin ich Ihr Blut zur Untersuchung und Analyse gebe, arbeiten bereits an einem Lösungsvorschlag, wie man in der Politik sagte.

„Ich werde aber nicht als

Versuchskaninchen benutzt?", fragte ich.

„Na, so ganz nicht, vielleicht ein bisschen. Sie sind der erste Mensch, bei dem sich wegen des möglichen Kontaktes mit PCB derartige Veränderungen der Haut zeigen. Haarausfall und Hyperpigmentierungen sind bekannt..."

„Haarausfall?", fragte ich, „Das ist ja das Gegenteil davon, dass mir wieder die Lanugo wächst!"

„In gewisser Weise schon! Wir müssen nun zuerst gesicherte Erkenntnisse darüber erlangen, wie hoch Ihre Belastung mit PCB ist..."

„Und dann?"

„...sollten wir zuallererst klären, wo und wann Sie mit den PCB in Kontakt gekommen sind.."

„Ja!"

„Was meinen Sie, wann und wo könnte das gewesen sein? Ich meine, wann und wo könnte da ein Kontakt erfolgt sein?"

Ich sah den Doktor einige Minuten an fragte dann, es wäre einfacher zu beantworten, wann ich das letzte Mal geraucht oder betrunken gewesen wäre und wollte dann wissen:

„Wie könnte Kontakt mit PCB erfolgt sein? Ich meine, so unter normalen Zu- und Umständen?"

Der Doktor sah mich wieder sehr ernst an und erwiderte dann:

„Eigentlich ist das heute kaum noch möglich: Höchstens im Zusammenhang mit einer Havarie. Aber die nächste Chemieanlage ist ein paar Hundert Kilometer entfernt..."

„Was nicht bedeutet, die Verteilung der PCB könnte über die Luft erfolgt sein..."

„Der letzte Unfall war... Wer weiß, wann? Jahrzehnte her ist das. Und damals platzte eine Sauerstoffleitung.", sagte der Doktor,

„Also nichts mit PCB!"

Ich stand auf, ging zum Fenster und sah hinaus. Es war schon sehr eigenartig: Immer dann, wenn ich meinte, gesund und deshalb munter auf dieser schönen Welt existieren zu können, kam von irgendwoher eine Schreckensmeldung, die mir diese Illusion des Unbeschwertseins vergällte. Na, eben so, wie gegenwärtig...

„Sie können mich ja auch anrufen, wenn

Ihnen eingefallen sein sollte, wann und wo Sie eventuell mit PCB oder mit PCB enthaltene Substanzen in Kontakt gekommen sind!", sagte der Doktor und wies mich damit diskret darauf hin, er wolle sich um mich zwar wie versprochen, kümmern. Aber andere Patienten hatten auch ein Recht darauf, umsorgt zu werden.

„Nicht nötig", sagte ich.

„Na?", fragte der Doktor.

„Vor einige Monaten, Ende des Winters, räumten wir den Keller eines Nachbarn auf. Der alte Herr hatte meine Frau und mich um diese Gefälligkeit gebeten..."

„Bisschen viel Gefallen, oder?"

Ich meinte, wie viel Gefallen wir jemandem erweisen, ist meine und meiner Frau Angelegenheit und antwortete nicht auf die Frage des Doktors. Statt dessen sagte ich:

„Da stand in der Ecke eine Wäscheschleuder herum. So'n altes Ding von früher. Ich erinnerte mich daran, meine Mutter hatte ein ähnliches Gerät. Sie setzte sich, wenn sie damit arbeitete, immer darauf. Na, ich wollte mir das Ding anschauen und in dem Moment, als ich die Schleuder herumdrehte, muss der altersschwache Kondensator geplatzt sein und es roch augenblicklich nach grünem Apfel..."

„Clordiphenyl tippe ich. Das wurde früher als Isolieröl verwendet und enthält PCB. Wo ist das Gerät jetzt?", fragte der Doktor.

„Das haben wir in den Sperrmüll gegeben."

„Wollen wir nur hoffen, die Arbeiter dort waren einigermaßen geschult und wussten sich vor dem Öl im Kondensator zu schützen. Ich werde das den Kollegen im Labor mitteilen!"

„Dann kann ich ja jetzt gehen?", fragte ich.

„Ja!", antwortete der Doktor. Elisabeth meldet sich dann bei Ihnen. Und sollten weitere Hautveränderungen auftreten, kommen Sie sofort zu mir!"

„In Ordnung!"
Dann sah ich den Doktor lange an und meinte:

„Nun sind's wohl doch einhundert Prozent Wahrscheinlichkeit geworden, dass meine Lanugobehaarung durch PCB ausgelöst worden ist, oder?"

„Scheint so. Aber wie vorhin gesagt, noch ist nichts verloren."

„Wollen wir das Beste hoffen!"

„Ich bin Berufsoptimist! Ich nehme an, Sie wissen um das halbvolle und das zur Hälfte geleerte Glas?"

Ich musste einige Augenblicke überlegen, dann wusste ich, was de Doktor meinte und sagte schnell:

„Ja, ja! Sicher!"

Nachdem, wie üblich in späten Frühlingswochen, in Zeitungen und Rundfunksendern die geschäftsführenden Vertreter der Restaurant- und der Beherbergungsbetriebe ausführlich über möglicherweise nicht anreisende Urlauber gejammert hatten, begann der Sommer.

Zugegeben, etwas später, vielleicht drei oder vier Wochen, währte die Verzögerung im Gegensatz zu anderen Jahren. Aber dafür begann ein Sommer so, wie ich ihn aus fernem Kindertagen kannte.

Wir ließen der Sonne einige Tage Zeit, um den Sand am Strand zu trocknen und zu erwärmen.

Am ersten Sommersonnabend fuhren meine Frau und ich an unseren Strand und wegen meiner Lanugo hatte ich keine, wirklich keine, Bedenken, mich in der Öffentlichkeit zu zeigen. Waren doch etwas verborgene Körperstellen nun sehr kräftig mit Lanugo behaart und ich hatte seit dem letzten Besuch bei meinem Hausarzt keinen weiteren Haarwuchs bemerkt.

War das ein Anzeichen dafür, dass die Lanugo mich nicht weiter bewachsen wollte? Oder war das nur ein zeitlich begrenzter Stillstand? Waren, wenn vorhanden, die PCBs in meinem Körper aufgebraucht? Und, können die verbraucht oder vielleicht doch abgebaut oder umgewandelt werden?

Der nächste Besuch bei meinem Hausarzt, in zwei Wochen, sollte mir darüber Klarheit verschaffen, wenn vielleicht auch nicht vollständig. Jedoch, nun wollten meine Frau und ich das erste Strandwochenende dieses Jahres erleben!

Ich hatte keine Bedenken, mich mit der deutlich sichtbaren Lanugo auf meine Strandmatte zu legen. Die meisten Strandbesucher waren ohnehin und aus den unterschiedlichsten Gründen mit sich selbst beschäftigt. Um mich endgültig davon zu überzeugen, unbeobachtet zu sein und zudem einer von –zig tausenden Strandbesuchern auf der Düne, stellte ich mich so, dass ich sowohl den Strandabschnitt links als auch rechts rechts von mir sehen konnte. Ich versuchte, mich auf eine zufällig ausgewählte Person, etwa fünfundzwanzig Schritte von mir entfernt, zu konzentrieren. Dann bemerkte ich, nach wenigen Augenblicken war es kaum noch möglich, diese Person zu beobachten.

Ich möchte an dieser Stelle meine Eindrücke nicht weiter erklären, weil diese Beobachtungen jeder machen kann. Egal, ob im städtischen Freibad, am Badesee oder an Meeresstränden. Wo auch immer er sich im Freien unter Menschen aufhält.
Danach war ich mir ausreichend sicher, dass meine Lanugo für die anderen Strandbesucher uninteressant war und ich mit meiner Frau den Tag am Strand genießen konnte. Und, jeder weiß das: Wird nicht ständig an eine Behinderung oder Krankheit

gedacht, dann orientieren sich Aufmerksamkeiten in anderer Weise.

Wie bereits erwähnt, in diesem Jahr war es unser erster Besuch am Strand.

Der erste jährliche Strandbesuch ist für mich ein jedes Mal ein bedeutendes Ereignis. So, wie es für die meisten Menschen an diesem Tag der erste Strandbesuch im Jahr ist. Man konnte das sehr leicht daran erkennen, dass der Bräunungsprozess unserer Haut noch nicht begonnen hatte. Anders als dann später, im Juli oder gar im August. Da war sofort zu erkennen, wer neu am Strand war und oft den Bettenwechsel erst vor wenigen Stunden erlebt hatte.

Zum anderen waren am Strand im Frühsommer sehr viele Geheimnisse und Funde verborgen: Da war noch nichts abgesucht. So, wie dann in den späteren Monaten im Jahr. Wieder im Juli oder August. Man hatte dann, meine Erfahrung lehrte mich das, seine liebe Not und Mühe, eine noch nicht zertretene Muschel zu finden.

Das Meer hatte im Herbst und Winter und auch noch im Frühjahr, alle Mühe darauf verwendet, viele, an manchen Stellen und Orten auch sehr viele, interessante Fundstücke an den Strand zu spülen. Die werden nun in den drei oder vielleicht auch vier Sommermonaten kisten- und säckeweise von den Strandläufern gesammelt und mit nach Hause genommen.

Auch ich gehörte zu den Sammlern. Zu Hause, in Regalen und auf Fensterbänken, auf meinem Schreibtisch und wer weiß noch wo, lagerten die gesammelten Fundstücke als Zeugnisse meines Strandläuferlebens.

Nachdem ich im vorvergangenen und dann noch einmal im vergangenen Winter das Buch über den Umgang mit unseren Meeren gelesen hatte, entwickelte sich in mir ein völlig neues Verständnis zum Meer.

Ich begann, noch mehr als ich es bereits seit meiner frühen Kindheit praktizierte, dem Meer inniger und liebevoller, auch achtungsvoller, zu begegnen. Und ich begann, das Meer nicht als eine beliebige Flüssigkeit zu betrachten, in die man alles das, was nicht weiter benötigt wird, kippt oder versenkt. In der Annahme, es wird ohnehin verdünnt oder aufgelöst.

Was eben der fatale Irrglaube der früheren, besonders der früheren, aber auch von nicht unbedeutenden Teilen der heutigen Generation ist. Nämlich zu meinen, dass alles das, was im Meer verschwindet, ist entsorgt: „Aus den Augen – aus dem Sinn!" Aber: Die Atomreaktoren ticken weiter und Säure wird nicht vernichtet, sondern nur im Verhältnis eins zu nahezu unendlich verdünnt. Ist also vorhanden und unter gewissen Umständen und bis zu einem bestimmten Verdünnungsverhältnis nachzuweisen. Und Plastikabfälle schwimmen fünfhundert Jahre und länger im Meer, bis sie aufgelöst, aber nicht verschwunden sind. Deren chemische Bestandteile sind auseinander gebrochen, existieren aber weiter.

Ich beobachtete die Menschen am Strand und überlegte, wie viele von denen, die ich jetzt, in diesem Augenblick sah, würden gleiche oder ähnliche Gedanken haben. Nicht jetzt und nicht hier, an diesem Strand! Das wäre zu viel verlangt. Jedoch, meine ich Leute, die sich grundsätzlich mit der Problematik der Meeres- und Umweltverschmutzung beschäftigten!

Und ich war eines der Opfer dieser Verschmutzungen, mit Sicherheit eines unter vielen, von denen die meisten nicht wussten, was sie mit sich herumschleppten. Vielleicht ist das manchmal auch besser!

Ich erinnerte mich an einen der letzten Besuche bei meinem Hausarzt, als er mir erklärte,

„...dass die PCB nur eine Gruppe langlebiger organischer Schadstoffe sind, die zusammen als POB, als *persistent organic pollutants, bezeichnet werden*. Und bedenken Sie", hörte ich den Mann noch jetzt, am Strand, sagen:

„...auch solche Verbindungen wie DDT, das ist Dichlordiphenyltrichlorethan, gehören dazu. Zuerst wurde es als **das** Schädlingsbekämpfungsmittel gepriesen, bis herausgefunden wurde, es verhindert bei

Vögeln und Echsen das Schlüpfen aus dem Ei!", der Doktor sah mich hilflos an und meinte dann noch:

„Und bedenken Sie, allein die PCB sind eine Gruppe von 209 chlorhaltigen chemischen Verbindungen! Aber sollten Sie davon 'was mit sich herumschleppen, dann finden wir heraus, welches der polychlorierten Biphenyle es sich in Ihnen gemütlich gemacht hat! Glauben Sie mir! Wir finden das heraus!"

„Vielleicht sind es ja auch zwei oder noch mehr?"

„Hoffentlich nicht!"

Diese Worte hörte ich in mir klingen, während ich auf meiner Stranddecke lag und das Meer beobachtete.
Das hatte vor etwa einer halben Stunde begonnen, sich zurück zu ziehen; bald würde die Ebbe mehr als deutlich zu sehen sein.
Und ich erinnerte mich jetzt daran, mein Hausarzt hatte mir noch erklärt, dass man in den späten 1960-er und dann auch in den 1970-er Jahren Spuren von DDT und PCB

und POB im Polareis entdeckte. Durch Meeresströmungen und Luftbewegungen über Tausende von Kilometer transportiert. Auf Grund der jahreszeitlich gleichbleibend niedrigen Temperaturen in den Polregionen verdunsten die Chemikalien, die das Meer und der Wind in die nördlichen Regionen transportierten, nicht oder nur unwesentlich. Statt dessen lagern sie sich im Eis ab. Die Folge ist eine vermehrte Anreicherung der Gifte...

Später erzählte mir mein Hausarzt, dass er sehr viel Zeit verwendete, um die Zusammenhänge und den Auswirkungen zwischen der Natur und den von Menschen geschaffenen Einflüssen zu erkunden.
Ich meinte nach diesen Gesprächen über die Wechselwirkungen zwischen den PCB und meinem Körper, dass sei bereits hier erwähnt, der Doktor war ein sehr belesener und allseits gebildeter Mann...

Meine Frau und ich waren in diesem Jahr acht oder neun Tage am Strand. Und jedes Mal, wenn wir dann nach Hause kamen, stellte ich mich unter die heimische Dusche und spülte die Rückstände aus dem Meer von mir ab. Dabei, aber auch während ich an anderen Tagen duschte, beobachtete ich meine Lanugobehaarung am Arm und am Oberschenkel. Und ich stellte fest, das Wachstum war zum Stillstand gekommen, die mit Haaren bedeckte Hautfläche hatte sich nicht vergrößert. Auch hatte ich während des Sommers keine anderen Veränderungen an mir festgestellt.

Als dann Anfang September mein Hausarzt ausrichten ließ, ich brauchte nun nicht weiter an jedem Dienstag kommen, um mir Blut abnehmen zu lassen und er erwarte mich im Oktober („... wenn es dann so passt...") in seiner Praxis, meinte ich, das Schlimmste überstanden zu haben.

Ich wurde gebeten, am 10. Oktober, das war wieder ein Dienstag, zu meinem Hausarzt zu kommen. Allerdings nicht bereits um acht Uhr am Morgen. Er wollte mit mir erst am späten Vormittag sprechen:

„Ist um elf Uhr recht?", fragte mich die

Schwester und ich fand, das war eine gute Zeit:

„Ja! Um elf ist gut!"

Je näher dieser zehnte Oktober kam, desto unruhiger wurde ich. Alle Welt, so meine Meinung, jedenfalls die meisten Leute, möchten möglichst zeitig zum Arzt kommen, „...um noch 'was vom Tag zu haben...", wie mir irgendwann jemand sagte. Und derjenige lieferte die Begründung für diese Meinung gleich mit:

„Am späten Vormittag kommen dann die, denen oft komplizierte Sachen erklärt werden müssen, egal, worum es sich handelt. Da hat der Doktor dann mehr Zeit für den Einzelnen unter seinen Besuchern!"

„Sicher?", fragte ich.

„Ziemlich sicher. Ich sitze bereits einige Jahre in diesem Wartezimmer. Glauben Sie's mir!"

Also glaubte ich das Gesagte. Was sollte ich auch anderes tun? Und das Gegenteil konnte ich erst recht nicht beweisen!

Ich begann, mich zu beruhigen, mir Mut zuzusprechen. Gut, es konnte ja durchaus sein, dass am Vormittag, meinetwegen auch aus den Gründen, die mir schon genannt worden sind, die Problemfälle bestellt werden. Um mit den Leuten etwas länger zu sprechen. Konnte ja alles sein. Aber was, wenn der Doktor mir nun das Gegenteil erklärte? Das alle Aufregung umsonst gewesen ist!

Genauso redete ich es mir an jedem Tag ein! Ja, so wird es sein! Und in meinen kühnsten Träumen sah ich mich schon mit der Schwester, die an der Anmeldung saß, auf dem Tresen tanzen...

Am Morgen des 10. Oktober wachte ich ausgeruht und mit der besten Laune und Stimmung der Welt auf. Ich ging in das Badezimmer, stellt mich unter die Dusche und ließ dann das heiße Wasser auf meinen Rücken trommeln. Selbstverständlich kontrollierte ich auch meine mit Lanugo bewachsenen Stellen. Ich stellte erfreut fest, dass die sich nicht verändert und deswegen auch nicht vergrößert hatten.

Was sollte mir dann später beim Hausarzt noch geschehen?

Im Gegenteil! Der Tag würde gut! Das wusste ich.

Fünf Minuten vor elf stieg ich die sieben Stufen zu der auch heute geöffneten Haustür empor und ging durch den mit Terrazzo belegten Flur zur Tür der Praxis. Dann klingelte ich.

Während eines leisen Summens drückte ich die Eingangstür auf und stand nach wenigen Schritten vor dem Tresen der Anmeldung. Die Schwester blickte kurz auf und sagte dann:

„Ach, Sie sind's! Geh'n Se in die Zwei. Der Doktor kommt gleich!"

Während ich in der Zwei wartete, überlegte ich, wie oft die Frau mir das in den letzten Wochen und Monaten gesagt hatte. Doch ich kam nicht dazu, das Ergebnis meiner Überlegungen zu berechnen.

Mein Hausarzt war in die Zwei gekommen und sagte:

„In diesem Raum hat unsere Begegnung begonnen. Wissen Sie dass noch?"

„Ja! Ich weiß es!", antwortete ich.

Dann drehte ich mich um und sah, wie damals, als wir uns das erste Mal in diesem Raum begegneten, in das von Sorgen zerfurchte Gesicht des Arztes. Und wieder ging ich auf ihn zu und reichte ihm die Hand zur Begrüßung. Und erneut erwiderte er meinen Gruß mit schlaffem Händedruck. Und dann setzte er sich auf die mit einem weißen Stück Papier bezogene Liege, während dessen ich, wie beim ersten Mal, den Stuhl vor dem Schreibtisch zugewiesen bekam.

Dann blickten wir uns einige Augenblicke an, bevor der Doktor begann, mir zu erklären:

„Sie sind ein gebildeter Mann. Und ich bin der Überzeugung, Sie haben sich in den vergangenen Wochen mit den PCB soweit beschäftigt und auseinander gesetzt, dass eine halbwegs klassifizierte Unterhaltung zwischen uns möglich ist..."

Was sollte ich darauf anderes antworten als

„Ja!"

„Gut. Dann wird Ihnen nicht entgangen sein, dass PCB sich unter anderem, und ich möchte behaupten, vor allem, in der Nahrungskette anreichern und diese Form neben der direkten Berührung die hauptsächlichste Ursache für die Übertragung der chlorierten Kohlenwasserstoffe darstellt...“

„Ja!“

„Und vor allem die höher chlorierten PCB sind stark lipophil, kaum abbaubar und ebenso kaum wasserlöslich. Was bedeutet, sie werden nicht oder nur in geringem Maße auf natürliche Weise ausgeschieden. Sie sind also, lassen Sie es mich etwas flapsig nennen, ein PCB-Akkumulator... Und die Halbwertzeit, das ist die Zeit, nach der die Hälfte der PCB zerfallen ist, können Sie getrost mit einigen Jahren angeben. Vorausgesetzt, es kommt kein weiteres PCB in Ihren Körper!“

„Ja!“

„Was bedeutet, Sie müssen darauf achten, keine weiteren PCB aufzunehmen...!“

„Wie soll ich das machen?“, fragte ich und sah den Doktor an, „Meinen Sie, ich esse PCB als Hauptgang oder manchmal auch nur so zwischendurch?“

„Ja!"

„Wie bitte?"

„Ja!", sagte der Doktor, „Ich behaupte allen Ernstes, Sie essen PCB!"

Ich musste meinen Hausarzt nun derart verblüfft angesehen haben, dass der sich beeilte, mir weiter zu erklären:

„Sie wissen doch, das haben wir eben besprochen, PCB können zu einem nicht unerheblichen Teil mit der Nahrung aufgenommen werden. Und da, wie ebenfalls bekannt, PCB sich im Fettgewebe besonders wohl fühlen, also, sich darin gut anlagern, werden Sie, mein Lieber, ab sofort sämtliches tierisches Fett aus Ihrem Speiseplan streichen!"

„Verstanden!"

„Was bedeutet, einige Fische sind für Sie ab sofort tabu!"

„Und welche?"

„Alles, was fettreich ist, also Aal, Lachs, Makrele und der beliebte Karpfen. Fische mit magerem Fleisch, Zander, Seelachs und Thunfisch, Barsch und Hecht können Sie essen. Allerdings sollten Sie deren fettreiche Leber meiden. Und weil Fischmehl oft auf dem Speiseplan in verschiedenen Mastbetrieben steht, sollten Sie auch Schweinefleisch und Geflügel aus Mastbetreiben meiden. Wenn Sie sich Ihre Weihnachtsgans und die Frühstückseier vom Bauern holen, der sein Geflügel auf der grünen Wiese aufwachsen lässt, ist dagegen wohl kaum etwas einzuwenden! Jedenfalls nicht von mir!"

„Das ist ja wenigstens etwas!"

„Meine ich auch!", stimmte mir der Doktor zu.

Dann sah mich mein Hausarzt lange an und ich ahnte, jetzt kommt etwas, das er mir noch dringend erklären musste:

„Ich wollte Sie jetzt auf etwas hinweisen!"

„Ja! Gerne!"

„Sie und ich stehen genauso wie alle anderen Menschen am Ende der Nahrungskette. Oder kennen Sie jemanden, der das nicht ist, mal abgesehen von den Opfern einiger Kannibalen?"

„Nee, kenne ich nicht!"

„Und besonders die Menschen, die sich hauptsächlich von Fisch und Walfleisch ernähren, also die Menschen in den Polargebieten Kanadas, Grönlands und im Norden Russlands, weisen eine erhöhte, eine überdurchschnittlich erhöhte, Konzentration von PCB auf. Die Nahrungskette im Meer brauche ich Ihnen nicht zu erklären! Hoffe ich zumindest. Außerdem haben wir schon darüber gesprochen. Auch heute...

„Ja!", sagte ich und nickte zur Bestätigung.

Dann sah mich der Doktor noch einmal sehr streng an und meinte:

„Sie sind nahezu unheilbar krank..."

„Das habe ich inzwischen akzeptiert!"

„Gut so! Es besteht kein Grund zur Panik und auch nicht zur Nervosität! Wenn Sie sich alles das, worüber wir gesprochen haben, weiter überlegen und sich daran halten, dann dürfte meines Erachtens Ihrem im Wesentlichen angenehmen Leben nichts im Wege stehen..."

Der Doktor stand von der Liege auf und ging zu dem Schreibtisch. Aus der Schublade zog er einen Brief, den er mir überreichte:

„Den können Sie in Ruhe zu Hause lesen.

Machen Sie sich am besten einige Kopien und lassen das Original zu Hause!"

„Und was haben Sie mir mitgeteilt?"

„Ich gebe Ihnen eine von mir unterschriebene Bestätigung mit. Darin erkläre ich, dass die letzte von Ihnen entnommene Blutprobe einen erhöhten PCB-Status aufgewiesen hat. Und das dieses bei irgendwelchen Behandlungen zu berücksichtigen ist. Nehmen Sie eine Kopie immer dann mit, wenn sie zur Behandlung wegen irgendwelcher Komplikationen gehen müssen. Mit dem Labor der Uni-Klinik ist besprochen, die Telefonnummer ist auch vermerkt, dass dort weitere Informationen abgerufen werden können...."

„Danke!", sagte ich, „Auch für Ihre Offenheit. Ich war bei Ihnen in guten Händen!"

„Ach so, und noch etwas! Lassen Sie die Lanugo so, wie sie ist. Also nicht rasieren oder mit Haarentfernungscreme behandeln. Die feinen Härchen werden kaum noch wachsen!"

„In Ordnung! Und alles Gute für Sie!" Wir sehen uns in einem halben Jahr wieder!"

Der Doktor reichte mir die Hand, die ich wie gewohnt gerne nahm und dann verließ er die Zwei.

Ich stellte mich an das Fenster und blickte in den inzwischen beinahe abgeblühten Garten.

Ich nahm meine Jacke, ging zur Tür und bevor ich die Praxis meines Hausarztes verließ, sagte die Schwester hinter dem Tresen der Anmeldung:

„Aber Sie kommen wirklich erst in einem halben Jahr!"

Nachsatz:

Im Jahre 1989 wurde in Deutschland die Herstellung, der Vertrieb und die Verwendung von PCB verboten.

PCB gehört zum „Dreckigen Dutzend" organischer Schadstoffe, deren Herstellung nach der entsprechenden Stockholmer Übereinkunft von 2004 weltweit untersagt ist.

Literaturen

Den nachfolgend aufgeführten Literaturen und Quellen hat der Autor wertvolle Hinweise und Anregungen zu verdanken:

Robert, Gallum: „Der Mensch und das Meer. Warum der größte Lebensraum der Erde in Gefahr ist.", 1. Auflage, Deutsche Verlags-Anstalt München 2013, ISBN 978-3-421-04496-9

www.wikipedia.com